DÖRLEMANN

Jürg Beeler

Die Zartheit der Stühle

Roman

DÖRLEMANN

Dieses Buch ist auch als Dörlemann eBook erhältlich.
eBook ISBN 978-3-03820-995-9

Umschlaggestaltung: Mike Bierwolf unter Verwendung
einer Illustration von Ben Rikken
Satz: Dörlemann Satz, Lemförde
Druck und Bindung: CPI – Clausen & Bosse, Leck
ISBN 978-3-03820-105-2
www.doerlemann.com

Mit Tischen und Stühlen bin ich
immer gut ausgekommen,
sie haben sich immer auf mich gefreut.
Heft 66

Mein Balkon hätte mir genügt. Mein kleiner Balkon ist gesprächiger als ich, das stelle ich jeden Morgen einwandfrei fest, er ist gesprächiger und versöhnlicher als ich.

Wie gesagt, mir hätte mein kleiner Balkon genügt, aber Vera wollte auf eine Insel.

Heft 73

Kein Wind regte sich, die Piazza d'Oriente schlief, die Häuser schliefen, ich beneidete sie um ihren Schlaf.

Nie hätte ich es gewagt, die Piazza d'Oriente aus ihrer Nachmittagsstille zu wecken, doch Vera war nicht wie ich.

Mit zwei lauten Rollkoffern überquerte sie die Piazza d'Oriente, vor dem Leonardo blieb sie stehen und warf mir einen Blick zu, als hätte ich ihr genau den Tisch weggeschnappt, den sie wollte, als fände sie es unhöflich, dass ich ihr zuvorgekommen war.

Elf Tische waren frei. Elf Tische, feinfühlig und hellhörig, jeder an seinem Ort, jeder hatte seinen Platz im Leben gefunden.

Veras Koffer versperrten den Zugang zu einer ganzen Tischreihe, Felice musste außen herum. Wortlos nahm er die Bestellung auf, wortlos deponierte er den Espresso vor Vera. Ihr auch noch ein Eis zu servieren, lehnte er unter diesen erschwerten Bedingungen ab.

Sie kümmerte sich weder um Felices Laune

noch um die Piazza d'Oriente. Aus meinem Blickwinkel konnte ich nicht erkennen, ob sie zeichnete oder schrieb.

Sie komponierte. Aber das sah ich erst auf dem Weg zur Toilette. In raschem Tempo, als diktierte ihr jemand die Musik, füllte sie einen Papierbogen mit Noten.

Sie bemerkte nicht, wie zwei Burschen sich in ihre Nähe setzten und sie nicht mehr aus den Augen ließen. Sie bemerkte nicht, wie Bucerio, Felices zottiger Vierbeiner, zu ihr hinübertrottete und an ihrer Tasche schnupperte. Nach dem zweiten Espresso griff sie zum Handy, wenig später fuhr der Minibus der Residenza del Carmine vor. Ein Mann in weinroter Uniform stieg aus, rückte die Dienstmütze zurecht und prüfte, ob die Piazza d'Oriente sich ordnungsgemäß verhielt. Als er Vera sah, zögerte er. Diese Frau im karierten Männerhemd und den bauschigen Leinenhosen passte nicht zur Klientel, die sonst in der Residenza abstieg, doch er erinnerte sich seiner Pflicht und griff nach den beiden Koffern.

Die Nächte waren schon warm, in zwei oder drei Stunden würde es wieder hell, ich saß auf meinem Balkon, hing zwischen Himmel und Hölle und dachte, wie gut passen wir zusammen, mein kleiner Balkon und ich, selten genug passiert es ja, dass sich die zwei Richtigen finden.

Nachts auf dem Balkon redete ich fast immer mit dir. Ausgerechnet ich, der ich nie viel geredet hatte, ließ dich nun kaum mehr zu Wort kommen. Als würde ich mich plötzlich an alles erinnern, was ich dir früher hatte sagen wollen, als müsste ich jetzt alle Gespräche nachholen.

Ich erzählte dir, wie der Tag verlaufen war. Ich erzählte dir von der Frau mit den zwei Rollkoffern.

Am nächsten Morgen war die Luft durchsichtig wie immer. Sie ist durchsichtig wie immer, alles geht seinen gewohnten Gang, damit solltest du dich abfinden, redete ich mir zu.

Die Wohnung sah aus, als müsste sich endlich jemand um sie kümmern, aber ich war nicht der Mann, der ihr die notwendigen Streicheleinheiten gab. Ich entstaubte lediglich, was dir gehörte, deine Nachtcreme, deine Feuchigkeitscreme, selbst deine Slipeinlagen aus hautfreundlichem Material.

Ich dachte nicht mehr an die Frau mit den beiden Rollkoffern, als ich das Haus verließ und unter dem skeptischen Blick des heiligen Antonius auf die Piazza d'Oriente hinaustrat.

Vera saß genau an dem Tisch, an dem ich am Vortag gesessen hatte, saß an meinem Tisch, als wäre es ihr gewohnter Schreibtisch, als tauchte sie hier schon seit Jahrzehnten auf. Sie beachtete mich kaum, was mich nicht störte. Ich war in Lerone, um allein zu sein.

Jeden Tag saß ich auf der Piazza d'Oriente vor meinem Notizheft. Ich hatte mir vorgenommen, dir ein Denkmal zu setzen. Ich hatte mir vorgenommen, ein Buch über die Liebe zu schreiben. Ein Buch über dich, nicht über mich, ein Buch über die Liebe schlechthin.

Abends kehrte ich mit einer Pizza Leonardo in die Wohnung zurück. Nur Felice entlockte mir ein paar Sätze, ich bin kein redseliger Mensch.

Vielleicht begann meine Karriere darum ohne Worte. Die Scheinwerfer gingen an, ich betrat die Bühne, geschminkt und stumm. Meine Begleiter waren eine Geige, eine Flöte oder eine Trommel. Ich war Matteo. Matteo, der Clown.

Eines Tages ertrug ich den Clown, der ich war, nicht mehr. Ich brauchte nur meinen kleinen Finger anzustarren, als wüsste ich nicht, wie er ausgerechnet an meine Hand geraten war, und schon lachte das Publikum. Das Lachen, das ich mit unfehlbarer Präzision auslöste, wurde zu meinem Albtraum. Es war nicht mehr das Lachen von Zuschauern, die ich mit meiner Pantomime glücklich machte, es war ein Gelächter, das tief aus dem Erdinneren kam. Es waren finstere Götter, die mich verhöhnten.

Ich reiste nach Indien, ohne die erhoffte Erlösung zu finden. Erst auf dem Rückflug wurde mir meine Aufgabe klar. Ich musste endlich den Mund aufmachen.

Im Leben blieb ich der stumme Clown, doch auf der Bühne lernte ich reden. Ich spielte die Rollen, von denen jeder Schauspieler träumt. Ich war Hamlet, ich war Macbeth, ich war King Lear. War ich Hamlet, Macbeth oder Lear, kamen mir die Worte wie von selbst, als wären es meine eigenen, aber es waren nie meine eigenen, es waren immer die Worte eines anderen.

Als ich zum ersten Mal nach Lerone kam, war ich noch jung und Pantomime. Meine ersten Fernsehauftritte hatten mich bekannt gemacht, ich kam mir unanständig vor, so viel schien mir, was ich verdiente.

Über all die Jahre war sich die Piazza d'Oriente treu geblieben, sie hatte sich gegen jede Veränderung gewehrt. Immer noch gab es die Bar zwischen dem Friseur und der Apotheke, immer noch war sie Treffpunkt der alten Männer. In den warmen Monaten saßen sie auf den Holzstühlen draußen, der Himmel wärmte die schwarzen oder dunkelblauen Barette, die von ihren Frauen polierten Schuhe glänzten im Licht.

Ich hatte Berlin, ich hatte der Bühne den Rücken gekehrt. Seit einem halben Jahr lebte ich in Lerone, seit einem halben Jahr lebte ich wie ein Mönch. Endlich begann man mich zu vergessen. Freunde und Bekannte überfielen mich nicht mehr ungefragt, Journalisten hielten sich von mir fern. Zwischen Berlin und Lerone hatte ich die Alpen geschoben.

Schnee fiel, und ich wünschte alle zum Teufel, die dir die letzte Ehre erwiesen. Angeblich war es dein Wunsch gewesen, in Warschau begraben zu werden. Du hattest mir nie davon erzählt.

Du wärst empört gewesen, hättest du die Trauerfeier mitansehen können. Ich hätte die Chromatische Fantasie und Fuge von Bach gewählt. Man hätte mich fragen können, aber natürlich fragte mich niemand. Andere waren mir zuvorgekommen, hatten meine Lähmung ausgenutzt und hinter meinem Rücken die wichtigen Dinge geregelt. Offensichtlich versuchte man, mich aus deinem Leben zu streichen.

In letzter Minute war es mir gelungen, ein paar deiner Sachen zu retten. Dein Abendkleid und den schwarzen Rock nahm ich mit nach Lerone. Auch deine Zahnbürste, sie steht jetzt im Glas neben meiner.

Zofia.

Du warst zierlich, du warst gerade so groß, dass du nicht mehr klein warst, ich konnte meine Nase auf deinen Scheitel legen.

Zofia.

Immer noch bist du meine elegante Polin, und die Polinnen sind die einzigen Frauen in Europa, die wirklich zuhören können. Sie sind überhaupt die einzigen Frauen, das muss ich dir doch einmal sagen.

Auch im Sommer blieb Lerone ein ruhiger Ort. Touristen, meist Landsleute, besichtigten den Dom, den Leroneser Barock, die wenigsten blieben länger als einen Tag.

Die kleine Stadt konnte nichts dafür, dass sie so tief in den Stiefel gerutscht war, sie konnte nichts dafür, dass sie im Sommer so heftig glühte und einem manchmal schwarz vor Augen wurde. Sie sehnte sich nach einem Hafen, doch trotz aller Anstrengung lag sie immer noch nicht am Meer. Der nächste Strand war eine halbe Autostunde entfernt, auch in der Hochsaison fuhr der Bus nur zwei Mal am Tag.

Vera trug ihr kariertes Hemd, ihre weiten Hosen, wie schon die Tage zuvor saß sie über ihrem Notenmanuskript. Manchmal hob sie den Kopf, als würde sie ein Geräusch vernehmen, als hätte jemand sie gerufen, aber sie horchte nur in sich hinein.

Bucerio trottete auf mich zu, stupste mich leicht an, doch er legte sich nicht neben mich, wie er das gelegentlich tat, sondern trottete zwischen den Tischen durch, blieb neben Vera stehen und blickte zu ihr hoch, als traute er sich nicht, sie bei der Arbeit zu stören.

Vera nahm die Sonnenbrille ab und streichelte ihn. Ihr Französisch schien ihm zu gefallen, er legte seinen dicken Schädel in ihren Schoß. Was für ekelhafte, aufgeblasene Wichte die Männer hier sind, hörte ich sie zu ihm sagen. Dein Herrchen, mein Lieber, gehört ja nicht gerade zur intelligenten Sorte.

Felice rührte sich nicht, als sie bezahlen wollte. Dass ein Gast gerade jetzt seine Dienste verlangte, schien ihm unangemessen, zu groß war die Stille auf der Piazza, zu heftig brannte die Sonne.

Vera zählte die Münzen ab und legte sie auf den Tisch. Bevor sie ging, drehte sie sich zu mir um. Du bist Matteo, sagte sie.

Kennen wir uns?

Ich glaube ja.

Woher, wollte ich wissen, aber sie wandte sich ab, ohne auf meine Frage zu antworten, überquerte die Piazza, aufrecht und eilig, als ergriffe sie die Flucht vor mir.

Um einen eckigen Tisch sollte man gehen, als wäre er rund, notierte ich in mein Heft. *Nur der Clown geht um einen runden Tisch, als wäre er eckig. Ich bin der Clown geblieben, der ich immer war, ich war nie für die Frauen geschaffen.*

Nur Frauen gehen um einen eckigen Tisch, als wäre er rund. Dafür liebe ich sie, dafür verehre ich sie. Aber verehre ich sie wirklich, kann ich das wirklich von mir sagen?

Wie ein Brautschleier hing das Moskitonetz über dem Bett, ich hörte die Mücken und fand nicht hinein in den Schlaf. Nachts um drei kleidete ich mich wieder an und verließ die Wohnung.

Die Häuser der Altstadt schwebten im Licht der Laternen, die Piazza d'Oriente war so still wie ein Schatten. Ich sah das Spitalbett vor mir, sah dich verloren im Weiß des Bettzeugs, fast schon verschwunden darin, sah dein klein gewordenes Gesicht, deine geschwollenen Augenlider. Ich sah deine Hand, die auf der Bettdecke lag und nicht mehr die Kraft besaß, nach meiner zu tasten.

Geh jetzt, sagtest du kaum hörbar. Ich ging. Hatte ich halluziniert, oder hattest du das wirklich gesagt?

Ich hätte nicht gehen sollen.

Am selben Abend, einem Premierenabend, stand ich als King Lear auf der Bühne. Im letzten Akt, als Cordelia tot war, Cordelia und ihre beiden verräterischen Schwestern, überfiel mich die Angst, dass auch du nicht mehr am Leben warst.

Die Nachtschwester kam auf mich zu, stumm gingen wir nebeneinander durch den langen Flur. Deine Gesichtszüge waren entspannt, als wärst du erleichtert, dieses Leben und mich endlich los zu sein.

Bei der dritten Aufführung, wenige Tage nach deinem Begräbnis, trat ein, wovor jeder Schauspieler sich fürchtet. Mein Gedächtnis versagte. Mitten im vierten Akt fand ich die Worte nicht mehr. In mir war eine so vollkommene Stille, dass ich sogar die Souffleuse vergaß. Ich hörte nur deine Worte, ganz deutlich: Geh jetzt. Mechanisch trat ich von der Bühne ab, ohne den Text zu sprechen, den ich hätte sprechen müssen.

Mein Gedächtnis, um das mich viele beneideten, kehrte sich gegen mich. Auch bei den nächsten Aufführungen durchlitt ich peinliche Momente. Auf einmal taten sich vor mir Löcher auf. Doch die Ärzte fanden nichts, was auf eine Erkrankung hinwies.

Stress, meinte eine Neurologin. Machen Sie eine Pause, ruhen Sie sich aus.

Es ist Zeit, dachte ich. Zweiundsechzig ist noch nicht alt, aber die Zeit ist nicht mehr deine. Warum nicht einem Theaterbetrieb, der immer klamaukhafter und leerer wurde, den Rücken kehren?

Vom Rampenlicht trat ich in ein Dunkel hinaus.

Kaum warst du tot, verwandelten sich deine engsten Freunde in meine Feinde. Du hattest nie heiraten wollen, zumindest nicht einen wie mich.

Wir wohnten getrennt, nicht weit voneinander, du in der Windscheidstraße, ich in der Friedbergstraße. Vieles von mir hatte sich über die Jahre in deiner Wohnung angesammelt, vieles vermisse ich seit deinem Tod. Was in deiner Wohnung war, gehörte auf einmal nicht mehr mir, unser gemeinsames Leben wurde mir entzogen.

Fünfzehn Jahre hattest du mit mir ausgeharrt, fünfzehn Jahre waren wir ein Paar gewesen, auch wenn ein paar Neidhammel das nicht so sahen.

Ich durchsuchte alle Zimmer, ich konnte dein Manuskript über Anna Magdalena Bach nirgends finden. Schmuck und Fotos fehlten, ebenso ein Teil deiner Tagebücher. Du hattest sie nicht vernichtet, das weiß ich genau, bis kurz vor deinem Tod waren sie noch an ihrem Platz gewesen.

Du bist Matteo.

Woher kannte sie mich? Waren wir uns früher schon einmal begegnet, hatte sie mich darum von Anfang an irritiert?

Pausbäckig und etwas verwundert blickte der Sandsteinengel auf mich herunter, als ich aus dem Haus in den Passeo celeste trat. Immer noch lauerte er in seiner Mauernische, immer noch vermisste er seine rechte Hand und wahrscheinlich auch dich. Ihr hattet ein gutes Verhältnis miteinander, jedes Mal nicktest du ihm zu, nie vergaß er zu lächeln.

Vera saß nicht auf der Terrasse des Leonardo, dafür besetzte eine übermütige Seniorengruppe die Tische. Aus Bologna, beklagte sich Felice und zeigte mit dem Daumen nach unten. Seiner Meinung nach konnte ein Kellner seine Arbeit nur mit der nötigen Delikatesse erledigen, wenn die freien und die besetzten Tische in einem harmonischen Verhältnis zueinander standen, wenn die Anzahl der besetzten Tische die der freien nicht überstieg. Dieses Verhältnis war gerade ein äußerst unharmonisches, nur zwei Tische waren frei, und diese Ungehörigkeit ließ er die Herrschaften aus Bologna spüren.

Auch in den nächsten Tagen tauchte Vera nicht auf, offensichtlich war sie abgereist. Nur Bucerio konnte sich nicht damit abfinden, immer wieder richtete er sich von seinem Platz auf und blickte zur Via del Carmine hinüber, als müsste Vera jeden Augenblick auftauchen.

In Lerone haben die Nachmittage die Eigenheit, sich unbemerkt herbeizuschleichen, notierte ich. *Sie kommen einfach, man weiß nicht wie und woher, plötzlich sind sie da, ohne dass man sie gerufen hätte. Man muss sich nicht um sie bemühen, sie sind angenehme Gäste, und sie kommen am nächsten Tag wieder, als würde es ihnen in Lerone besonders gefallen. Doch in Wahrheit ist schwer zu sagen, ob es dieselben Gäste sind wie am Vortag oder andere, so still, so diskret und unsichtbar treten sie auf. Man gewöhnt sich an sie, weil man sie kaum wahrnimmt. Und plötzlich sind sie verschwunden, man weiß nicht wann und wohin.*

Ich würde gerne so auftreten wie einer dieser Leroneser Nachmittage. Doch mir fehlt ihre Kunstfertigkeit, ich bin immer zu laut oder zu sichtbar.

Mitternacht war längst vorüber, der Turm der Chiesa del Carmine war beleuchtet wie immer, zum Greifen nah ragte er über die Dächer empor, als wäre er nur da, um mir zuzuhören.

Vielleicht schliefst du, vielleicht kannte man auch dort, wo du nun wohntest, den Tag und die Nacht. Im Gegensatz zu mir brauchtest du immer deine acht Stunden Schlaf, deine acht Stunden, das abgedunkelte Zimmer und auch im Sommer zwei Decken. Als wäre ich ein Mann, neben dem man friert, als wäre ich ein Mann, der die Kälte bringt.

Ein Köter kläffte in der Ferne, gleichzeitig klingelte mein Telefon. Das bist nicht du. Dieser absurde Satz schoss mir durch den Kopf. Natürlich wusste ich gleich, wer es war, nur einer konnte es sein, der nach Mitternacht noch anrief.

Ich mache mir Sorgen um dich, ich habe schon eine Ewigkeit nichts mehr von dir gehört.

Alles normal, alles soweit gut, beruhigte ich Ettore. Wir verabredeten uns auf den nächsten Mittag im Mare Nostrum.

Die Weingläser waren riesig, aber der Kellner schenkte uns nur ein paar Tropfen ein. Mit Ettore jedoch vergaß man leicht alle Missverhältnisse dieser Welt. Seine jungenhafte Begeisterung war ansteckend, selbst seine tadellosen Anzüge verliehen ihm nichts Ernstes und Gesetztes. Sie waren mir immer wie eine Verkleidung vorgekommen, die er brauchte, um sich im Chaos nicht zu verlieren, nie hätte man in ihm den Juristen vermutet.

Hast du schon einmal von Augusto Monterroso gehört, fragte er. Ein mexikanischer Schriftsteller. Von ihm stammt der kürzeste Roman der Weltliteratur, ich kann ihn auswendig.

Na, dann los.

Als er aufwachte, war der Dinosaurier noch da. Wir lachten beide, dieser kürzeste Roman der Weltliteratur bestand nur aus diesem einen Satz.

Keine Menschenseele begegnete uns in der Via IV Novembre, als wir das Mare Nostrum verließen, nur ein rosa Teddybär schaute vor einer Toreinfahrt ängstlich aus einem Kinderwagen. Ettore zögerte. Statt die Tür zu seiner Anwaltskanzlei zu öffnen, ließ er den Schlüssel wieder in seiner Ledertasche verschwinden. Ich habe eine bessere Idee, lass uns ans Meer fahren!

Ein Rosmarinfeld ging in eine Müllhalde über, nach einer verlassenen Tankstelle und zwei rostigen Badewannen bogen wir ab, die Straße durchschnitt einen Pinienwald. Nach einer halbstündigen Fahrt durch sanft geschwungene Olivenhaine erreichten wir die Bucht, von der Ettore behauptete, sie sei die einsamste weit und breit. Doch wir waren selten allein, fast immer kamen uns andere zuvor, meist frischverliebte Paare, die uns wie voyeuristische Greise aussehen ließen.

Vorsichtig pellte sich Ettore aus dem Anzug, klopfte die Piniennadeln von den Schuhen und streifte sich eine dünne Leinenhose über. Ein älteres Ehepaar döste neben einer blumengemusterten Kühlbox, drei Mädel netzten die Füße kichernd im noch kühlen Wasser. Wir setzten uns in den Baumschatten auf die mitgebrachten Klappsitze, blickten auf die flimmernde Wasserfläche, jeder in sein Schweigen versunken. Wir gingen beide nie baden, Ettore aus Respekt vor dem Meer, ich aus Angst vor den Quallen.

Unsere Andacht dauerte nicht allzu lange, ein Ghettoblaster vertrieb uns aus der einsamsten aller Buchten. Wir fuhren ins nächste Dorf, nach S. Irina, zum ersten Mal in diesem Jahr besuchten wir seinen Strand.

Der mannshohe Donald Duck neben der Strandbar war neu. Ein paar Halbwüchsige klebten auf den Barhockern, Simonetta begrüßte uns mit einem lauten Hallo. Ihre Tattoos waren immer noch dieselben wie im vergangenen Sommer, nur das Lederhalsband mit dem Totenkopf hatte sie mit einer Kette aus bunten Glassteinen vertauscht. Ihre Augen lachten, ihre knochigen Jungenhände waren so unruhig wie eh.

Simonetta fragte sogleich nach dir. Ich hätte mit der Frage rechnen müssen, aber sie traf mich unvorbereitet. Hast du Zofia zu Hause gelassen? Ich schaute sie an und brachte kein Wort hervor, aber sie verstand sofort, drehte die Bässe leiser und umarmte mich.

Die pubertierenden Jungs begannen sich mit den Bierdosen zu langweilen, zogen wieder ab und beschlossen, das schläfrige Meer mit ihrem Imponiergehabe zu beeindrucken. Eine Frau stieg aus dem Wasser und näherte sich der Strandbar, das rote Badetuch hatte sie sich wie eine Toga um die Schultern gelegt. Erst als sie aus dem flimmernden Licht in den Schatten der Bar trat, erkannte ich Vera.

Ettore hatte ich bei meinem ersten Aufenhalt in Lerone kennengelernt, gut dreißig Jahre zuvor. Einem Gewitter verdankten wir unsere Freundschaft. Unerklärlich rasch zogen sich die Wolken zusammen, pudelnass betrat ich die Banca di Roma, die damals noch einen Sitz in Lerone hatte.

Mit dem Stuck, den Wandornamenten und den Kronleuchtern glich die Eingangshalle einem Opernsaal, hinter den Schaltern klapperten die mechanischen Schreibmaschinen, die Zeit der Computer war noch nicht angebrochen. Kaum hatte ich mich in eine Schlange gereiht, um Traveller-Schecks einzulösen, ging das Licht aus.

Ein Überfall, dachte ich im ersten Moment, doch niemand wurde unruhig. Schon wenige Augenblicke später leuchteten die Gesichter der Angestellten im Lichtschein von Wachskerzen auf, offensichtlich waren Stromausfälle keine Seltenheit. Niemand mehr konnte die Halle verlassen, die Eingangstüren waren elektronisch gesichert. Man wartete geduldig, man unterhielt sich mit den Nachbarn und scherzte mit den Angestellten, als wäre man bei einem geselligen Anlass.

Der Mann vor mir war Ettore. Als sich die Türen wieder öffneten und wir ins Freie traten, glühten die Pflastersteine in der Sommerhitze, als hätte es nie geregnet, die Luft war rein wie am ersten Schöpfungstag. Wir betraten eine Bar, die Begegnung mit einem Menschen von der anderen Seite der Alpen wollte Ettore feiern.

Nach einem ausgiebigen Aperitif zeigte mir Ettore seine Anwaltskanzlei. Die hohen Wände verschwanden hinter den Büchern, für die oberen Regale brauchte man eine Leiter. Es waren Werke der Weltliteratur, mit denen sich Ettore umgab, als wollte er seinen eigentlichen Beruf vor den Besuchern kaschieren. Immer noch sehe ich ihn vor mir, wie er in seinem hellen Sommeranzug auf die Leiter stieg, nach einem Gedichtband griff und aus Ungarettis »Allegria« zu rezitieren begann. Selbst die Leiter, auf der er stand, wurde von seiner Begeisterung ergriffen und begann im Rhythmus der Verse zu wanken.

Ettore wunderte sich, dass ich mir im Paradies, das er eher für eine Hölle hielt, eine Wohnung kaufen wollte. Ausgerechnet im Passeo celeste. Da hätte ich mir eine zweifelhafte Adresse ausgesucht.

Dass man in der Altstadt auf der Hut sein musste, war mir schon aufgefallen. Gleich am ersten Tag war ein älterer Mann auf mich zugekommen und hatte auf meine Umhängetasche gezeigt. Ich solle sie mir anders umhängen, zur Häuserseite hin, nicht zur Straßenseite, sonst wäre sie für Diebe eine leichte Beute.

Das Centro storico gehörte den Armen. Viele Häuser standen leer und schimmelten vor sich hin, in den feuchten Gassen wohnte damals nur, wer sich nichts Besseres leisten konnte. Doch auch Lerone fügte sich dem Lauf der Zeit. Was einst billig war, wurde auf einmal teuer. Man putzte die alten Häuser heraus, solventere Mieter zogen ein, Taschendiebe fühlten sich auf dem sauberen Pflaster immer weniger sicher.

Noch am Tag unserer Begegnung erzählte mir Ettore, dass er mit siebzehn seine Mutter verloren habe. Nach einer Woche erst habe man ihre Leiche gefunden, an einen fernen Strand gespült, nie seien die näheren Umstände ihres Todes aufgeklärt worden. Kein Unfall, sondern ein Verbrechen, da war sich Ettore sicher. Der Tod seiner

Mutter habe ihn bewogen, Jura zu studieren und nicht Musik oder Literatur.

Wir waren zwei Mutterlose, Ettore und ich. Für mutterlose Männer hatte ich ein Gefühl, sie waren anders.

Weit weg von der Welt, in einem kleinen Bündner Dorf, war ich aufgewachsen. Meine Mutter, eine Italienerin aus Triest, ließ meinen Vater sitzen, als ich vier war. Die Berge waren ihr zu hoch, das Tal zu düster.

Mein Vater vertauschte die Liebe zum anderen Geschlecht mit der Liebe zur Flasche, diese neue und beständigere Liebe kostete ihn die Stelle als Geographielehrer. Der Immobilienhandel brachte ihm mehr Glück. Er war ein leutseliger Mensch, nur mit einem Jungen wie mir konnte er nichts anfangen.

In der Klosterschule von Disentis lernte ich ein breiiges Schwyzerdütsch und ein schrundiges Hochdeutsch, die Sprache meiner Kindheit, das Romontsch, trieb man mir aus. Weil mir die Regeln des heiligen Benedikt nicht einleuchteten und ich wiederholt aus der heiligen Anstalt ausbrach, wurde ich in die Romandie verbannt, nach Fribourg, in das katholischste aller Internate.

Als Externer wohnte ich bei einem kinderlosen Musikerpaar, ich war ihr Haustier, sie ließen mir alles durchgehen. Dank ihrer Fürsorge glitt ich in die französische Sprache wie in einen warmen Handschuh. Jahre später erst eignete ich mir das Bühnendeutsch an.

Ich hatte zwei Väter, zwei Vatersprachen für die Bühne, Französisch und Deutsch. Meine Muttersprache, das Rätoromanisch, hatte ich seit meiner Kindheit nicht mehr gesprochen.

Vera zog das Badetuch enger um sich, als müsste sie sich vor unseren Blicken schützen. Zwei Freunde, zwei Musikfans, stellte Simonetta uns vor. Vera nickte uns zu und verschwand gleich wieder, wenig später kehrte sie in einem leuchtenden Strandkleid zurück.

In S. Irina, nur wenige Schritte vom Strand, hatte sie einen Bungalow gemietet, um ruhiger komponieren zu können. Sie schrieb an einem Requiem. Einem Requiem für das Meer.

Die Unterwasserstille sei so überwältigend wie die Stille in alten romanischen Kirchen, und in dieser Stille höre sie oft die Musik, die sie nachher nur aufzuschreiben brauche, erzählte sie.

Ettore hätte gerne sein Französisch wieder aufgefrischt, doch Vera ließ sich nicht von ihrem Italienisch abbringen. Was sie ausgerechnet nach Lerone führe, fragte er. Ein Zufall, sagte sie und lächelte mich an, als müsste ich eine Erklärung abgeben. Jemand hatte mir von Lerone vorgeschwärmt. Jemand, der dort eine Wohnung besitzt.

Ihr kennt euch?

Ich schüttelte den Kopf, Vera sagte nichts.

Ettore besaß wie kaum ein anderer die Fähigkeit, einem Worte zu entlocken, die man lieber für sich behalten hätte, so neugierig und erwartungsvoll konnte er einen anschauen. Doch Vera gab nicht mehr von sich preis, als sie wollte. Auf Ettores Frage, ob sie verheiratet sei, lachte sie lediglich und legte ihm die Hand auf die Schulter wie eine Mutter, die ihren Sohn in die Schranken wies.

Manchmal ruhte ihr Blick auf mir, als wartete sie, bis auch ich etwas sagte. Ich war verwirrt, es gelang mir nicht, Gegenwart und Vergangenheit voneinander zu trennen. Wie oft hatten wir zu dritt diese Strandbar besucht, Zofia, Ettore und ich, wie oft hatten wir an einem dieser Tische gesessen. Auch jetzt waren wir drei: Vera, Ettore und ich, und Ettore unterhielt sich so vertraut mit Vera, als hätte Zofia nie existiert.

Meine Schwester im Geiste oder einfach nur meine Schwester hatte er Zofia genannt, jedes Mal war er enttäuscht gewesen, wenn sie mich nicht nach Lerone begleiten konnte. Die beiden gerieten leicht ins Schwärmen, sie waren in denselben Höhenregionen zu Hause. Oft war ich mir neben ihnen überflüssig vorgekommen, so gut verstanden sie sich.

Ich verschwand auf die Toilette. Das Fliegengitter hing noch genauso schief im Fensterrahmen wie im Vorjahr, die Fliegen und die Gerüche schienen überwintert zu haben. Auf der anderen Seite des Parkplatzes führte eine Treppe hinunter zum Strand.

Vera ließ sich nicht zu einem gemeinsamen Abendessen überreden, Ettore und ich fuhren allein nach Lerone zurück.

Trockenmauern trennten seit Urzeiten die Felder, Schafe lagen im Schatten eines Wasserturms. Eine Tafel warnte vor einer Baustelle, die vor Jahren einmal existiert hatte oder erst in einer ungewissen Zukunft existieren würde. Längst war das rostige Dreieck aus Blech Teil der Landschaft wie die Olivenbäume und die Pinien, nur der Mensch gehörte den Hügeln und Feldern schon lange nicht mehr.

Nennt mich einfach Vera!

Vielleicht ein erfundener Name, meinte Ettore. Merkwürdig, dass sie ihre Identität nicht preisgeben wollte. Du kennst sie wirklich nicht?

Ich erinnere mich nicht.

Meine Laune war bei weitem nicht mehr so gut wie bei der Hinfahrt. Mich kränkte Ettores

Begeisterung für Vera, ich trug es ihm nach, dass er so in Schwung gekommen war und Vera so willig Zofias Platz hatte einnehmen lassen.

Immer noch kam mir die Begegnung mit Vera in der Strandbar unwirklich vor, ich fühlte mich als Opfer eines Scherzes. Hinterhältige Götter hatten Vera geschickt, nur um mir weiszumachen, dass kein Verlust unersetzlich war und das Leben weiterging.

Woher kannte ich sie? Ihre Stimme, ihr Lachen waren mir auf einmal so vertraut vorgekommen, dass ich die Flucht ergriffen und Vera mit Ettore allein in der Strandbar zurückgelassen hatte.

Felice döste drinnen vor dem Fernseher, zwei oder drei Stammgäste, die nicht nach Hause wollten, harrten vor ihrem Espresso aus. Die Terrasse des Leonardo lag im Schatten, die Maurische Villa mit ihrer Keramikfassade, ihren Türmchen und Säulen flimmerte auf der schmalen Seite der Piazza, wie eine Fata Morgana schwebte sie in der schwelenden Nachmittagsglut über dem Boden.

Es war die Stunde der Dämonen, die Stunde der größten Tageshitze. Das Leben stand still, im harten Licht waren die Schatten scharf und undurchdringlich. Eine Trägheit hatte mich erfasst, die es mir unmöglich machte, aufzustehen und in die kühle Wohnung zurückzukehren.

Seit dem Ausflug nach S. Irina kam ich mir verlassener vor als je. Was machte ich in Lerone, was hatte mir mein Rückzug in den Süden gebracht? Mit mehreren Bücherkisten war ich angereist, mit Petrarca und Dante, mit Platon, Augustinus und Nietzsche, ich hatte Fachliteratur über Gedächtnisverlust gelesen, über partielle Amnesie, über die Bedeutung von Gedächtnislücken. Es war mir nicht gelungen, eine Brücke zu mir zu schlagen.

Warum war ich ausgerechnet als Lear aus der Rolle gefallen? Immer noch träumte ich nachts, dass ich den Text im entscheidenden Moment vergaß, immer noch wachte ich schweißgebadet aus Albträumen auf.

Fünf Mal stand ich nach deiner Beerdigung noch auf der Bühne. Jedes Mal saßest du im Publikum, sichtbar nur für mich. Ob mein Gedächtnis versagte oder nicht, hing allein von deiner Laune ab. Trugst du mir nach, dass ich vor der Trauerfeier hatte kneifen wollen?

In einem trüben Warschauer Nieselregen rauchte ich vor der Kasimirskirche eine Zigarette, die Glocken dröhnten in meinem Schädel, als müsste alles, was zwischen uns war, zertrümmert werden. Ich hatte Angst vor den Kerzen, dem Weihrauch, den Worten, vor diesem ganzen feierlichen Pomp, der nur dazu diente, uns die Liebsten endgültig zu entreißen und in den Mülltruhen des Jenseits zu versenken.

Deine Freunde und Bekannten waren alle schon drinnen, nur ich stand noch draußen. Warum hier, in Warschau, warum in dieser Kirche? Nicht oft besuchtest du nach dem Mauerfall deine Heimatstadt, jedes Mal kehrtest du enttäuscht zurück, deine ehemaligen Freunde empfingen die Abtrünnige nicht mit offenen Armen. Dein Traum, in Warschau wieder Fuß zu fassen, zerbröckelte rasch.

Ich gab mir einen Ruck, doch ich ging nicht auf den Eingang der Kirche zu, sondern trat auf die Straße hinaus. Ich wollte mich in meinem Hotelzimmer einschließen, ich wollte allein sein mit dir.

Kaum war ich auf der anderen Straßenseite, sah ich einen Mann mit violettem Damenschirm und einer durchsichtigen Regenhülle auf mich zueilen.

Ettore war außer Atem, er brachte zuerst kein Wort hervor. Hatte ich ihn angerufen, hatte ich ihm mitgeteilt, wo das Begräbnis stattfinden würde? Ich war zu erschöpft, um mich zu erinnern, die vergangenen Tage hatten die Ereignisse durcheinandergewirbelt.

Ettore umarmte mich, wir umarmten einander, gemeinsam betraten wir die Kirche, es sah aus, als hätte ich draußen nur auf ihn gewartet.

Warum bist du ausgerechnet an einen traurigen Clown wie mich geraten? Wir kannten uns noch nicht lange, ein paar Wochen erst, du wolltest in den Louvre. Mir hingen dort zu viele Bilder. Ich blieb auf der Terrasse des Bistros sitzen, du entschwebtest in ältere Jahrhunderte, zu Dürer, Cranach und Holbein, deine granatapfelrote Bluse, deine granatapfelfarbenen Schuhe leuchteten, eilige, spitze Pariser Schuhe, die nichts Kommunistisches und Proletarisches an sich hatten, nichts, das dich an das kommunistische Regime deiner Heimat erinnerte.

Nur ich selbst wusste nicht, wohin mit mir. Ich bezahlte, nach ein paar Schritten kehrte ich um und setzte mich wieder an denselben Tisch. Es gab zu viele Straßen in Paris, es gab zu viele Menschen, es gab überhaupt von allem zu viel.

Ich beschloss, die paar Stunden auf der Terrasse des Bistros auf dich zu warten. Je länger ich auf dich wartete, desto gewisser schien mir, dass du mich bald wieder verlassen würdest. Vermutlich hätte ich etwas essen sollen, aber ich bestellte einen Blanc cassis und noch einen, als hätte ich mir vorgenommen, dich zu erschrecken.

Lange harrtest du in der Vergangenheit aus, eine Ewigkeit, schien mir. Auf einmal standest du neben mir. Das Mittelalter hatte dich glücklich gemacht, das war dir anzusehen. Mit einer Selbstverständlichkeit, mit einer Unbekümmertheit, die mir unverschämt vorkam, blickte dein Glück auf mich herunter. Aus irgendeinem Grund wurde ich eifersüchtig. Eifersüchtig auf deinen Verstand, auf deine Fähigkeit, dich in dieser Welt wohl zu fühlen.

Natürlich wolltest du wissen, was ich ohne dich gemacht hatte. Ist etwas nicht recht an mir, fragtest du später beim Abendessen, ich war schweigsamer als sonst. Du konntest nicht ahnen, an was für einer Krankheit ich litt.

Nach einer Nacht mit einer Frau brauchte ich meine Ruhe, nach dem Aufwachen war ich gerne allein. Mir graute davor, reden und bekennen zu müssen, mir graute davor, ein gemeinsames Lügengewebe zu spinnen. Voller Angst betrachtete ich den nackten Körper neben mir. Irgendwann würde er sich regen, irgendwann würde er wieder erwachen. Ich fürchtete mich vor meinem Schweigen und meiner Untauglichkeit in Sachen

Liebe. Behutsam stahl ich mich aus dem Bett, setzte mich in eine Kneipe und schob den Moment der Rückkehr hinaus, als erwartete mich in der Wohnung meine Verurteilung.

Für die Liebe bin ich nicht geschaffen, erklärte ich dir an jenem Abend. Warum erzählte ich dir, was ich noch nie einer Frau erzählt hatte, warum gewann ich so viel Vertrauen zu dir?

Du saßest am Cembalo, eine zierliche Person mit hoher Stirn und einem Lächeln, als gäbe es nichts Böses auf dieser Welt. So hatten wir uns kennengelernt, an einem Hauskonzert in Paris. Ich war am »Bouffes du Nord« engagiert, dem legendären Theater im zehnten Arrondissement.

Dein Mann, dem du in den Westen gefolgt warst, hatte dich in Paris sitzen lassen. Klavierunterricht und Übersetzungsaufträge reichten nur knapp zum Leben, Paris hatte nicht auf die polnische Emigrantin gewartet.

Zwei Jahre später, kurz nach dem Mauerfall, zogen wir nach Berlin, du in eine kleine Wohnung, ich in eine größere. Die neue Bundeshauptstadt brachte dir mehr Glück als Paris, du fandest Zugang zur Musikszene, gründetest ein Trio, dein Freundeskreis wuchs.

Lerone wurde dir genauso unentbehrlich wie mir. Wir saßen auf der Terrasse des Leonardo und hielten uns an den Händen, in Lerone kehrten wir in die ersten Jahre unserer Liebe zurück. Du warst die einzige Frau, die mich nach Lerone begleiten durfte, du warst die einzige Frau, die mich in meinem Alleinsein nicht störte.

Abends traf sich vor dem Leonardo immer noch dasselbe Publikum, nach wie vor ereiferte man sich über Berlusconi, wurde der Lira nachgetrauert und das baldige Ende des Euro und des Abendlandes prophezeit. Der Balkankrieg war seit wenigen Jahren vorüber, die Flüchtlingsinvasion von der anderen Seite der Adria hatte die Leroneser nicht vertrieben oder gar ausgerottet, wie von professionellen Schwarzmalern verkündet worden war, die Schiffe der Kriegsmarine waren weitgehend aus den Häfen verschwunden. Nur ein paar Radarstationen und Basen zur Abwehr von Raketen hüteten noch ihre Stellung, als trauten sie der Ruhe des Mittelmeers nicht.

Kurz vor Mitternacht brach ich vom Leonardo auf, fand keinen Schlaf, kleidete mich wieder an und verließ die Wohnung. Wie eine aus den Tiefen eines Ozeans emporgetauchte Riesenmeduse schimmerte die Piazza d'Oriente unter dem nächtlichen Himmel, ich setzte mich auf die Treppenstufen der Maurischen Villa.

Ich vertrug die Menschen nicht, da hattest du wohl recht. Kaum trat ich von der Bühne ab, fand ich die Worte nicht mehr, sie kamen mir abhanden, wie mir früher die Frauen einfach abhandengekommen waren. Nach einer Vorstellung setzte ich mich oft nicht zu den Kollegen, sondern schlich mich davon und streifte bis zum Morgengrauen durch das nächtliche Paris, Berlin oder Wien. Nachts waren die Städte endlich still. Oft kehrte ich erst gegen Morgen in deine Wohnung zurück. Du schliefst, ich legte mich auf die Couch im kleinen Zimmer.

Eine Katze überquerte die Piazza d'Oriente, mit erhobenem Schwanz stolzierte sie durch einen Lichtkegel und verschwand in der Via del Risurrezione. Als wäre sie nur wegen mir aufgetaucht und hätte mir ein Zeichen gegeben, folgte ich ihr durch die nächtliche Stille.

Erst als ich mich schon fast auf der Höhe der Residenza del Carmine befand, wurde mir bewusst, wo ich war. Hätte ein paar Schritte vor mir nicht eine Zigarette aufgeglüht, wäre ich blind an Vera vorbeigegangen.

Vera war es, die zuerst grüßte. Es wäre unhöflich gewesen, einfach an ihr vorbeizugehen. Sie bot mir eine Zigarette an, wir standen nebeneinander vor dem Hotel, als warteten wir auf ein Taxi.

Vera unternahm keine Anstrengung, ein Gespräch anzufangen. Wir blickten auf die Fassade gegenüber, zwei Tauben schliefen dicht nebeneinander auf einem Fensterfries, sie hatten es gut, sie brauchten nicht nach Worten zu suchen.

Sieht aus, als wären wir miteinander verabredet, sagte ich schließlich.

Die eine Taube regte sich, als fühlte sie sich durch meine Bemerkung gestört. Vera drückte die Zigarette aus und ging auf den Hoteleingang zu, vor der Schwelle drehte sie sich um. Wenn es dir Spaß macht, kannst du natürlich dort stehen bleiben!

Die alte Halle, unpassend mit modernem Mobiliar bestückt, war nur spärlich beleuchtet. Ein livrierter Angestellter baute sich hinter dem Empfang auf und musterte meine Latschen. Vera ignorierte ihn, griff nach meiner Hand und ging zielstrebig auf ein Gobelinsofa mit Schnörkelfüßen zu, das sich aus früheren Jahrhunderten zwischen die wuchtigen Ledersitzgruppen verirrt hatte und in seiner Verlorenheit rührend wirkte.

Vera verriet nicht, woher wir uns kannten. Wenn du dich nicht mehr erinnerst, war es für dich wohl nicht so wichtig, also lassen wir es! Sie zog die Beine hoch und lehnte sich an meine Schulter.

Wie eine Tankstelle in einer nächtlichen Landschaft leuchtete die Rezeption, hin und wieder hob der Angestellte den Kopf und prüfte, wie es um uns stand. Ein Mann, der gewiss schon viele Jahre in seiner Uniform verbracht hatte und ganz selbstverständlich davon ausging, dass er der Hüter einer höheren Ordnung war.

Viel gesprächiger als in der Strandbar war ich wohl nicht. Woran ich schreibe, wollte Vera wissen. Warum ich nicht mehr auftrete, ob ich in Lerone bleibe. Fragen, auf die ich mit einer langen Geschichte hätte antworten müssen, doch nach langen Geschichten stand mir der Sinn nicht. Wir kamen auf Mücken zu reden, immerhin ein einfacheres Thema.

Plagen sie dich auch so?

Sie mögen mich nicht besonders, sagte ich. Vera musterte einen Mückenstich über ihrem Knöchel, kratzte sich immer heftiger und stand verärgert auf. Ich bin gleich wieder da, sagte sie und verschwand im Aufzug.

Ich blieb allein mit acht oder zehn wuchtigen Ledersitzgruppen in der Hotelhalle zurück. Nur das leise Surren von den hohen, stelzbeinigen Ventilatoren war zu hören, die wie seltsame Vögel von einem fernen Planeten zwischen den Sitzgruppen aufragten, außerirdische Spione, die heimlich die Gespräche der Gäste an Mars oder Jupiter weiterleiteten.

Ich spürte eine Hand auf meiner Schulter und drehte mich um. Du warst es, ich sah dein vorwurfsvolles Gesicht, sah deine Augen, groß und fiebrig, du trugst dein weißes Spitalnachthemd und eine Halskrause, wie sie bei den spanischen Granden im sechzehnten Jahrhundert Mode war. Ich wagte nicht, meine Hand nach dir auszustrecken. Als ich es doch tat, sie leicht anhob, zitternd, warst du auf einmal weg. Einen kurzen Moment schloss ich die Augen, und als ich sie wieder öffnete, glaubte ich einen Schatten zu sehen, der zwischen mir und der Wand in der Luft schwebte und sich langsam auflöste.

Unser erster gemeinsamer Wochenendausflug fiel mir ein. Wir fuhren nach Chartres, du wolltest die berühmte Kathedrale sehen. Wie immer war das Hotelzimmer eine Enttäuschung. Eine Leselampe fehlte, die divenhaften Vorhänge schluckten das Licht. Der Schreibtisch war kein Schreibtisch, sondern ein Schminktisch mit zarten Füßchen, mit niedlichen Löwenkrallen und einer vorgewölbten Schublade, ein kleines schwangeres Ding auf zu dünnen Beinen, irgendein Louis oder Philippe. Auf diesem Louis oder Philippe stand ein dreiteiliger, einklappbarer Spiegel. Das also war die Suite für Junioren, war das Zimmer, von dem die französische Jugend träumt.

Dieses Flauschige, Bauschige, Polstrige und Muffige! Ich klappte den Spiegel zusammen und stellte ihn in eine Ecke. Dein Protest war laut und heftig, ich stellte den Spiegel wieder dorthin, wo er deiner Meinung nach hingehörte. Zum ersten Mal fiel mir auf, wie unwiderstehlich du in deiner Wut warst.

Gehen wir, auspacken können wir nachher, sagtest du. Dich zog es in die Kathedrale, ich hatte Hunger.

Du blicktest zum Fenster der Maria Magdalena hoch, ich stand etwas abseits und beobachtete dich, ich sah dich nackt vor mir, ein lüsterner Engel mit Schleier und Flitter und einem hübschen Saugmund in der Mitte des vor Erregung geschwollenen Körpers. Nach dem Abendessen endlich warfst du deine Engelsflügel ab, wie hübsche Weihnachtspräsente lagen wir auf dem Bett.

Du warst erschöpft vom langen Tag und ich erwartungsvoll. Mein Geschlecht, das sich aufrichtete, sich reckte und brüstete, als müsste es vor dem versammelten Volk eine Rede zum Nationalfeiertag halten, zog leider nur meine Aufmerksamkeit auf sich. Von jedem Schiff aus hätte man diesen Leuchtturm gesehen. Weil ich sonst nicht viel zu tun hatte, schwenkte ich ihn ein wenig hin und her, als fegte ein heftiger Sturm über die Insel. Du regtest dich nicht, du stelltest dich tot. Oder schliefst du, hatte dich der Kirchenbesuch so erfüllt und selig gemacht, dass dir alles Fleischliche wie eine Gotteslästerung vorgekommen wäre?

Ich stand auf und schlich mich aus dem Zimmer. In der Hotelbar, die zugleich der Empfangsraum war, bestellte ich einen Whisky. Ich bemerkte die Frau erst, als sie die Bar schon betreten hatte und auf den Tresen zuging. Sie trug ein weißes Kleid, als käme sie gerade von einer Hochzeit, wie eine entlaufene Braut sah sie aus.

Der Barkeeper schob ihr wortlos den Zimmerschlüssel zu. Sie drehte sich zu mir um, die Siebenundzwanzig, meine Glückszahl, sagte sie und lachte. Der Aufzug öffnete sich geräuschlos, in der verspiegelten und zu indiskret beleuchteten Kabine drehte sie sich um, spitzte die Lippen und warf mir eine Kusshand zu. Als ich wenig später durch den Flur ging, öffnete sich eine Zimmertür, zuerst nur einen Spalt.

Vera ließ sich Zeit. Der Mann an der Rezeption fühlte sich von mir beobachtet, wie ein Gefangener saß er in seinem Guckkasten, im Widerschein des Bildschirms bekam sein Gesicht eine Blässe, als wäre es von Geistigem durchdrungen. Ohne jeden Anlass griff er nach einem Kugelschreiber, hob ihn hoch, musterte ihn wie einen rätselhaften, ihm vollkommen fremden Gegenstand, räusperte sich und legte ihn wieder weg. Mit dem Handrücken rieb er sich die Nase, stand plötzlich auf und drehte sich um. Zu seiner Beruhigung befand sich das Schlüsselbrett immer noch dort, wo es zu sein hatte. Als wäre sein Dienstärmel von dieser Pirouette staubig geworden, strich er ihn glatt, zog einen Briefumschlag aus einem der Schlüsselfächer, drehte ihn um und steckte ihn wieder ins Fach zurück.

Vera hatte ihre Zigaretten liegen lassen, ich rauchte vor dem Hoteleingang. Je mehr Zeit verstrich, desto gewisser schien mir, dass Vera nicht mehr auftauchen würde. Als ich mich umdrehte, um vor dem Weggehen noch einen Blick in die Halle zu werfen, öffnete sich die Tür des Aufzugs. Vera hatte sich geschminkt und umgezogen, in einem gestreiften Trägerkleid kam sie auf mich zu. Sie strahlte, sie streckte einen Arm mit einer Flasche hoch und schwenkte sie wie eine Trophäe.

Ein Brandy, Vecchia Riserva, alt und mild. Alt und mild wie ich, mild wie Vera. Alt war sie nicht, zehn oder fünfzehn Jahre jünger als ich, auf jeden Fall sah ich neben ihr schon etwas mitgenommen aus.

Die Flasche war angebrochen, vielleicht zu zwei Dritteln geleert. Dieses Detail möchte ich dir nicht vorenthalten, auch wenn ich glaube, dass weder die Flasche noch ihr Inhalt für das folgende Geschehen in irgendeiner Weise verantwortlich waren. Eine Flasche von schlichter Eleganz, wie Flaschen es an sich haben, schlicht und elegant - aber reden wir lieber von Vera.

Von einer Haarpracht, wie Vera sie besaß, von einer Frau mit der glosenden, glimmenden und mythischen Haarfarbe eines alten Brandy - siehst du, davon hatte ich schon immer geträumt.

Ein sehr anständiges, ein sehr verbindliches Wässerchen, dieser Vecchia Riserva, ganz comme il faut, wie die Franzosen sagen. Und auch wir, Vera und ich, waren anständig und still, als wir die Hotelhalle verließen. Der Himmel begann sich an den Rändern aufzuhellen, die beiden Tauben schliefen immer noch auf dem Fensterfries gegenüber.

Wie steil die Treppe zu meiner Wohnung war, steil, schmal und von engelhafter Geduld. Du hingst im Flur, in der Küche und im Salon, dir war nicht zu entkommen. Vera blieb vor den Fotos stehen, lange betrachtete sie dich, auf ihrem Gesicht lag ein Lächeln von einer großen Ruhe, ein entrücktes, verklärtes Lächeln wie von einer Verliebten. Das mochte mit dem Brandy zu tun haben, doch in dieser Situation sah es aus, als hättest du Vera verführt und ihre Liebe gewonnen.

Das ist Zofia, sagte ich.

Ich weiß, entgegnete Vera in einer Art, als hätte ich eine völlig überflüssige Bemerkung gemacht.

Vera nahm es mit der Wohnungsinspektion sehr genau, folglich entgingen ihr auch die Musikinstrumente im Salon nicht. Einige meiner Lieblinge waren mir nach Lerone gefolgt. Die Klarinette, die Gitarre, die Geige und das Tenorsaxofon. Alles alte Freunde, die mich auf die Bühne begleitet hatten, als ich noch Matteo war, Matteo, der Clown.

Geht nicht, ich bin nicht in der entsprechenden metaphysischen Verfassung, wehrte ich mich, als Vera mich bat, ihr etwas vorzuspielen. Doch schon sog ich am Mundblatt und fingerte an den Klappen herum, schon hörte ich das Rohrblatt in meinem Kopf summen, hörte die Dommeln, die Nachttrommeln und den rauen Wind, ich intonierte die ersten Takte des St. James-Infirmary-Blues.

Als Vera auf den Balkon hinaustrat, eilte ich ins Schlafzimmer, nahm dich von der Wand und verstaute dich in der Wäschekommode. Ich wollte keine Zuschauer, auch dich nicht, diese Nacht gehörte allein Vera und mir.

Kaum war ihre Lust befriedigt, drehte sie sich zur Seite und schlief ein. Sie wachte nicht auf, als ich den Lichtkegel der Leselampe über ihren Körper gleiten ließ. Eine Mücke hatte sich auf ihre Pobacke gesetzt, wenige Zentimeter vom Spalt entfernt, als würde sie dort meiner Aufmerksamkeit entgehen. Gerne hätte ich ein Vergrößerungsglas zur Hand gehabt und aus nächster Nähe beobachtet, wie sie ihren Stachel ansetzte, noch nie hatte ich die Gelegenheit gehabt, diesen Akt so ungestört zu verfolgen.

Vera war nicht mehr in der Wohnung, als ich aufwachte. Der Duschhahn röchelte, der Wassertank auf dem Dach war leer. Offensichtlich hatte Vera etwas zu ausgiebig geduscht. Seit auch diese ferne Gegend vermehrt von Touristen besucht wurde, reichte der Wasserdruck nachts oft nicht mehr aus, um die weißen Kunststoffbehälter zu füllen, die wie riesige Maden auf den Dächern saßen.

Lieb? Warst du zu lieb für mich gewesen? Vera hatte es behauptet, als sie vor dem Foto in der Küche stand. Sieben Fotos hatte ich nach deiner Beerdigung gerahmt, und so, gerahmt, nahm ich dich mit nach Lerone, damit du mir nicht noch einmal abhandenkamst.

Noch ahnte man die Bewegung, mit der du die Sonnenbrille ins Haar schobst, übermütig blicktest du mir entgegen, als hättest du mit mir deinen Traummann gefunden. Nun hingst du neben dem Brotkorb, und wenn ich nach dem Brot griff, dachte ich oft, du passt auf, dass es nicht verschimmelt.

Ich war sicher, Vera würde auf der Piazza

d'Oriente auf mich Langschläfer warten. Sie saß nicht auf der Piazza d'Oriente. Die Signora sei abgereist, hieß es, als ich abends in der Residenza del Carmine nach ihr fragte. Am nächsten Morgen kam mir die Schlafzimmerwand leer vor, ich holte dich wieder aus der Wäschekommode.

Erst wenige Tage warst du tot, und schon hatte ich Marika am Hals. Für sie war ich nichts als ein unverschämter Eindringling in dein Leben gewesen, als wärst du vollkommen unschuldig daran, dass es mich gab.

Du hättest ihr das Cembalo versprochen, behauptete sie. Davon wusste ich nichts. Auch nichts von einem angeblichen Testament.

Niemand außer mir hatte nach deinem Tod die Tasten deines Cembalos berührt. Immerhin ein Geschenk von mir, ein Nachbau eines historischen Instruments von Christian Zell. Du liebtest seinen hellen und zarten Klang, die selbstherrliche Wucht des modernen Flügels war nicht deine Sache. Wenn du mit deinem Trio auftratest, dem Trio Landowska, spieltest du den Flügel wie ein Fortepiano, entlocktest ihm einen silbernen, perligen Klang.

Die Vorstellung, dass Marika am Cembalo saß und deine Seele malträtierte, war mir unerträglich. Nun steht der Christian Zell in meiner Berliner Wohnung, in letzter Minute hatte ich dich in Sicherheit gebracht.

Ich, der Mann, der mit dir zusammenlebte, erfuhr als Letzter von deiner Krankheit. Fast alle wussten darum, nur ich nicht. Erst wenige Wochen vor deinem Tod begriff ich, wie ernst es um dich stand.

Du klagtest über Müdigkeit. Man wird müder im Alter, das schien mir nicht ungewöhnlich. Im Mai fuhrst du nach Sylt, um dich zu erholen. Du wolltest nicht, dass ich anrief, du wolltest nicht, dass ich dich auf der Insel besuchte.

Du lagst schon im Spital, nicht mehr viele Tage blieben dir, als ich in deiner Wohnung eine Keksdose öffnete. Sie enthielt keine Kekse, dafür Rechnungsbelege von Sylt, Hotelrechnungen, Rechnungen von einer Klinik, der Nordseeklinik Asklepios.

War ich Zofia untreu geworden? Es sah ganz so aus. Ich entschuldigte mich bei ihr. Diese Vera kommt nicht an dich heran, niemand kommt an dich heran, ich hätte es wissen müssen. Ich war nie besonders klug, offenbar bin ich es immer noch nicht, erklärte ich Zofia.

Mit wem redest du, fragte Felice. Du hattest gerade die Augen geschlossen und die Lippen bewegt.

Mit mir, ich bin der Einzige, mit dem ich noch rede, ich bin der Einzige, der mir noch aufmerksam zuhört.

Felice musterte mich besorgt. Das ist der fünfte, bemerkte er und meinte den Espresso, den er mir gerade gebracht hatte. Du solltest für den Rest des Tages das Getränk wechseln, morgen beklagst du dich wieder bei mir.

Wenig später musste ich eingenickt sein. Als ich die Augen wieder öffnete, war der Espresso kalt, über der Piazza d'Oriente hing eine einsame Wolke.

War sie schon vorher da gewesen, oder bemerkte ich sie erst jetzt? Sie sah aus, als hätte sie sich verirrt, als wüsste sie nicht, welche Richtung sie einschlagen sollte. Ich konnte sie gut verstehen, auch ich wüsste nicht weiter in so schwindliger Höhe.

Bucerio legte seine Schnauze auf mein Knie, mit warmen Augen blickte er zu mir hoch. Montag, Dienstag, Mittwoch. Mittwoch, ich steckte mitten in einem Mittwoch wie in einem viel zu engen Pullover. Vera war seit vier Tagen weg, sie würde nicht mehr auftauchen.

Sie wird erraten haben, dass du mich auch im Jenseits nicht aus den Augen lässt. Sie wird deine Schuhe im Flur bemerkt haben, deine Kleider im Schrank, die Zahnbürste, die Wimperntusche. Du hast ihr den Garaus gemacht, dazu kann ich dir nur gratulieren!

Ich sah Vera vor mir, wie sie versunken vor Zofias Foto stand, wie sie fast unwirsch reagierte, als ich sagte, das ist Zofia. Ich sah sie vor mir, wie sie den Kopf nach mir umdrehte, mich traurig anblickte, als wäre Zofias Tod auch für sie ein herber Verlust gewesen. Heute wundere ich mich, wie wenig Schlüsse ich damals aus meinen Beobachtungen zog, wie ahnungslos ich lange blieb.

Ich erzählte Ettore nichts von meinem Abenteuer mit Vera. Es musste ungefähr eine Woche nach Veras Abreise gewesen sein, als ich auf dem Weg zum Markt in eine der düstersten Gassen Lerones bog. Kaum je wurde sie von einem Lichtstrahl erhellt, niemand würde in ihr ein Ladengeschäft vermuten. Jedes Mal blieb ich mit einer Mischung aus Faszination und Unbehagen vor dem Schaufenster stehen und musterte die altmodische Miederware, monströse Objekte aus Schnüren, Ösen und Bändern, die wie seltsame Sammlerstücke aus einem Kuriositätenkabinett aussahen. Vielleicht gehörten ihre Trägerinnen ins Fabelreich der Harpyien, vielleicht stießen sie Krähenschreie aus, wenn sie ein feindliches männliches Objekt sichteten.

Ein Rauhaardackel, so alt und hinfällig wie die ausgestellten Wäschestücke, saß vor dem Glasperlenvorhang des Eingangs. Mit Augen, die von der Menschheit nichts Gutes mehr erwarteten, blickte er zu mir hoch. Ich bückte mich und streichelte ihn, jeder schien die Traurigkeit des andern zu erraten.

So wie du aussiehst, mein Kleiner, hast du deine Herrin noch nie in die Waden gebissen, die gute Erziehung hat dich melancholisch und alt gemacht. Man muss die Autorität gelegentlich zwacken, erklärte ich ihm, sein schlappes Schwanzwedeln deutete Zustimmung an.

Ein Klirren unterbrach unser Gespräch. Eine Hand schob die Glasperlenschnüre zur Seite, die Ladenbesitzerin quetschte sich in den Türrahmen. Das kanariengelbe Nylonhaar der mächtigen Perücke schoss wie Flammenzungen in die Höhe, darunter hing ein kleines und zerknittertes Gesicht.

Benito!

Mit dieser Zurechtweisung erinnerte die Herrin ihren Schützling daran, dass er sich gefälligst von mir abzuwenden hatte. Da sie zu schwer war, um sich zu bücken, schob sie ihren Benito mit der Holzpantine ins Ladeninnere. Ich fing einen Blick ein, als hätte ich ihren Schützling kidnappen wollen.

Als ich auf dem Weg zur Wohnung wieder an den Miederwaren vorbeikam, saß Benito nicht mehr vor dem Glasperlenvorhang.

Ich klappte den Liegestuhl auf meinem Balkon auf, holte ein gekühltes Bier aus dem Kühlschrank und döste vor mich hin.

Ein Geräusch zerriss das feine Seidengewebe meines Halbschlafs. Ein Geräusch, das ich nur zu gut kannte, ein Rollgeräusch, das sich näherte und plötzlich verstummte.

Das konnte nur sie sein. Erst als es zum zweiten Mal klingelte, rappelte ich mich auf.

Vera blickte hoch, neben ihr standen die beiden Rollkoffer. Hast du was dagegen, wenn ich ein paar Tage bei dir wohne?

Heft 74

Wie lange sie bei mir wohnen wolle?

Das hänge von mir ab, sagte Vera.

Es hing also von mir ab, ob sie mich schon bald wieder verlassen oder bis in alle Ewigkeit bleiben würde. Ich hatte Angst, verlassen zu werden, das konnte ich mit Sicherheit von mir sagen. Aber ich hatte ebenso Angst vor der Ewigkeit.

Ich hatte Angst vor der Ewigkeit, und es fällt mir nicht leicht, von dieser Angst zu erzählen, die Ewigkeit ist zu groß für einen wie mich. Oft war mir aufgefallen, dass sich Frauen viel besser mit der Ewigkeit arrangieren als Männer.

Seine einstige Farbe war nicht mehr zu erraten, doch in seinem Alter hatte er das Recht, so zu sein, wie er war. Wir waren beide so, wie wir waren, und daraus machten wir kein unnötiges Aufhebens.

Ich rede von meinem alten Spülkasten. Dieser urtümliche Vertreter seiner Spezies war nicht frauenfeindlich, das hatte ich ihm gründlich ausgetrieben, aber er tat sich schwer mit Fremden. Es brauchte Erfahrung, es brauchte Fingerspitzengefühl, um ihn zur Arbeit zu bewegen. Die Schnur, an der man zog, war ziemlich lang, denn mein alter Freund hing in bedenklicher Höhe, hoch oben unter der Decke.

Vera gehörte zu den Ausnahmetalenten, sie erfasste sofort, dass sie es mit einem empfindlichen und zarten Mechanismus zu tun hatte. Mit einem Händchen, wie es nur Musiker für ihr Instrument haben, zog sie an der Schnur, nach dem ersten Versuch schon rauschte das Wasser in der Kloschüssel, rauschte in meinem Kopf, und mir war, als würden die vergangenen Jahre weggespült, als wäre ich auf einmal frei von allem Schweren und Düsteren.

Fang mit dem Kleineren an, die Kleinen sind immer ungeduldig, riet ich Vera, als sie vor ihren beiden Koffern stand und nicht wusste, welchen sie zuerst öffnen sollte. Sie lachte und drehte sich zu mir um, darf ich dich um etwas bitten? Ich kann meine Sachen nicht auspacken, wenn mir jemand zuschaut, dazu muss ich allein sein.

Vera schickte mich auf den Balkon. Was für ein Glück, dass mein kleiner Balkon gegen einen Überraschungsbesuch nichts einzuwenden hatte. Der Regiestuhl, der Aschenbecher, der kleine Kaktus, alle waren sie da, ich konnte mich nicht beklagen. Den Regiestuhl klappte ich auf, in den Regiestuhl setzte ich mich, viel mehr gab es auf meinem Balkon im Augenblick nicht zu tun.

Ich hatte mich nicht gewehrt, ich hatte einfach ja gesagt. Ausgerechnet ich, der andere Menschen in seiner Wohnung schlecht ertrug. Aber wie hätte ich nein sagen können, wenn eine wie Vera vor der Tür stand, wenn genau die Frau vor der Tür stand, die ich so sehr herbeigesehnt hatte, ohne es mir wirklich einzugestehen?

Sie sei in S. Irina gewesen, sie habe Ruhe gebraucht, um zu arbeiten, sagte sie. Falls ich nichts dagegen hätte, würde sie mich zum Abendessen einladen.

Sie trug eine Perlenkette, sie trug ein langes Kleid, und in diesem Kleid ging sie, als trüge sie Jeans und Sandalen.

Die Atmosphäre im La Padrona war ernst wie bei einem noblen Herrenausstatter, man rollte seine Seele zusammen und steckte sie in einen silbernen Serviettenring. Das einzige Lokal ohne Beschallung, sie habe sämtliche Lokale in der Stadt abgeklappert, erklärte Vera. Fast jeden Abend esse sie hier, auch von S. Irina sei sie oft hierhergefahren.

Wir aßen drinnen, ich hätte mich lieber auf die Terrasse gesetzt, doch Vera hatte Angst vor den Mücken. Eine Bitte hätte sie, eine etwas komplizierte, aber vielleicht wäre es ja nicht unmöglich, auf meinem Balkon ein Moskitonetz aufzuspannen.

Vera konnte wegtauchen und eine ganze Weile nichts sagen, genau wie ich. Sie blickte auf ihren Teller, als wüsste sie nicht, ob sie mit der Beilage oder mit dem Fisch weitermachen sollte, doch sie war in Gedanken weit weg. Sie hob den Kopf, aufgeschreckt vom Oberkellner, der nachfragte, ob alles zu unserer Zufriedenheit wäre.

Nie hatte ich mit Zofia dieses gesittete Lokal besucht. War es nicht ein Treuebruch, dass ich nun mit Vera im Padrona saß? Für Zofia war es die Krönung eines Tages gewesen, abends auswärts zu essen, sozusagen der Lohn für die Arbeit, nur ich hatte mich davor gefürchtet, ihr einen ganzen Abend lang gegenüberzusitzen, in meiner naturgemäßen Einsilbigkeit empfand ich mich als unzumutbar.

Unbemerkt hatte sich Zofia zwischen mich und Vera geschoben, sie saß mit uns am Tisch, unsichtbar, aber umso spürbarer. Ich verschluckte mich und musste husten, ein schlechtes Gewissen dämpfte meinen Schwung. Ein Abendessen mit Zofia fiel mir wieder ein, wir waren zu zweit und feierten ihren Geburtstag. Ein kleiner runder Fladen lag auf meinem Teller, verschiedenfarbene Nudeln schlängelten sich kunstvoll durch viel Kleingehacktes und Eingedicktes. Die einzelnen Bestandteile waren für mich nicht herauszuschmecken, aber vermutlich äußerte sich darin die Kunstsinnigkeit des Kochs. Ich verlangte geriebenen Parmesan, um diesem Kloß ein eindeutiges Aroma zu verpassen. Zofia sagte nichts, sie sah mir traurig zu, wie ich den Parmesan über dem Kunstwerk zerrieb.

Am nächsten Morgen klebte Vera einen Zettel mit ihrem Vornamen an meinen Briefkasten. Glaub nur nicht, dass wir jetzt ein Paar sind, sagte sie.

So wie ich die Dinge sah, waren wir ein Paar, aber dieses Detail musste ich ihr nicht unbedingt unter die Nase reiben. Ihren Nachnamen verriet sie mir nicht.

Rasch fielen ihr Dinge an mir auf, die sie bemerkenswert fand. Ich rührte mich nur ungern, wenn das Telefon klingelte. Ich hatte eine Scheu davor, Briefe zu öffnen, sie türmten sich in den Zimmern auf verschiedenen Ablagen.

Ich weiß nicht, warum ich mich durch Briefe bedroht oder belästigt fühle, rechtfertigte ich mich.

Du wartest also darauf, bis sich deine Post in Luft auflöst?

Irgendwann wird sie es tun, ein rein chemischer Prozess.

Dummerweise gestand ich ihr, dass sich Zofia gelegentlich um meine Post gekümmert hatte, vor allem in den ersten Jahren. Zofia öffnete deine Post?

Warum nicht? Ich bat sie, die Briefe zu öffnen, die nach etwas Dringendem aussahen. Zofia hatte ein Auge dafür.

Es war so, ich kann nichts dafür. Zofia hatte ein Auge für dringende Angelegenheiten. Dieses dritte Auge fehlt mir aus rätselhaften Gründen. Ein Geburtsfehler, ich muss mich damit abfinden. Ich fürchte mich vor dem Dringlichen, Zofia besaß diese Furcht nicht. Ich habe die Frauen immer für ihre Kühnheit bewundert. Zofia war kühn, Vera ist kühn. Offenbar bin ich mit der Hoffnung geboren, dass das Leben keine dringende Angelegenheit ist.

Wir rückten den alten Sekretär in die Ecke des Salons und spannten ein Moskitonetz darüber auf. Fand Vera keinen Schlaf, weil ihr Requiem ihr keine Ruhe ließ, stahl sie sich aus dem Bett und setzte sich an den Sekretär. So sehe ich sie immer noch vor mir, wie sie in ihrem beleuchteten Mückenzelt sitzt, in diesem großen Madonnenschleier, der sie einhüllt und vor den Insekten schützt, vor dem Gift dieser Welt.

Nach Einbruch der Dämmerung, sobald die Mücken ausschwärmten, riegelte Vera die Zimmer gegen die Außenwelt ab. Oft war die Tür des Salons zu, ich wagte sie nicht zu öffnen und Vera beim Komponieren zu stören. In ihrer Gegenwart wurde ich zu einem Mann, der auf Zehenspitzen ging. Ich kannte niemanden, der so empfindlich auf Geräusche reagierte wie Vera, niemanden, der sich so wenig vor akustischen Angriffen schützen konnte. Ich bin nicht geräuschempfindlich, ich bin lärmempfindlich, sagte sie.

Die Orte, die sie liebte, besaßen alle eine Gemeinsamkeit. Sie strahlten Ruhe aus. Dröhnte in ihrer Nähe ein Lautsprecher, nahm ihr Gesicht den Ausdruck eines gehetzten Tieres an.

Sie suchte die Stille früherer Jahrhunderte. Zu dieser Stille gehörten Tiere und Pflanzen, das Land und das Wasser, die Kirchen und jene Musik, die für sie Musik war. Doch die Menschen gehörten nicht zu dieser Stille. Folglich auch ich nicht, wie ich viel zu spät feststellen sollte.

Sie erzählte wenig von sich, bisher wusste ich lediglich, dass sie seit einigen Jahren von ihrem zweiten Mann getrennt lebte. Ich mache mir falsche Vorstellungen von ihr, behauptete sie, als ich ihr Wein nachschenkte. Sie müsse aufpassen, sie könne nicht Maß halten im Leben, auch mit den Menschen fände sie nie das richtige Maß.

Sie wundert sich über meine Gewohnheiten. Sie wundert sich, dass Zofia es mit mir so lange aushielt.

Es ist nicht so, dass Zofia mich aushielt. Zofia hielt mich, hätte ich Vera sagen können. Zofia hielt mich, während Vera mich durchwühlt. Ich schaue Vera zu, wie sie Gänge in mich hineinbohrt, ich kann mich nicht dagegen wehren, wie gelähmt und zugleich begeistert lasse ich es zu, dass sie sich in meiner Wohnung und in meinem Leben einrichtet.

Sie war schlank, sie war schön, sie fing das Licht ein und liebte die Poesie. Auch die Lebewesen, die vielleicht einmal nach uns diesen Planeten besiedeln, werden über die Schönheit einer Weinflasche staunen.

Aus Gewohnheit prostete ich dem Turm der Chiesa del Carmine zu. Der Mond war ihm auch in dieser Nacht wieder um ein Stück nähergerückt, aber sie trafen sich nie, sie fanden nie zueinander.

Einen halben Tag hatte ich gebraucht, um ein Moskitonetz über dem Balkon aufzuspannen. Ich konnte nicht sagen, dass mir dieses Netz gefiel. Er ist ein rechter Faulpelz, sagte ich und zeigte auf den beleuchteten Turm der Chiesa del Carmine, als Vera zu mir auf den Balkon trat.

Immerhin, er macht seine Arbeit, bemerkte Vera.

Sie hatte recht, er machte seine Arbeit, er zeigte nach oben.

Vera konnte sich auch in meiner Gegenwart in sich zurückziehen, unempfänglich für jeden Ansturm von außen. Doch mein kleiner Balkon besaß die seltene Fähigkeit, den Menschen zuzuhören, wie viele Frauen schätzte auch Vera diese Begabung. Am zweiten oder dritten Abend erzählte sie von ihren frühen Jahren in Frankreich, ihren Jahren am Conservatoire de Paris, von ihrer Sehnsucht nach ihrer Heimat.

Vollkommen verloren habe sie sich gefühlt, als sie mit fünfzehn von Montréal nach Paris gekommen sei. Nicht nur mit Paris und den Franzosen habe sie sich schwergetan, sondern zunehmend auch mit dem klassischen Musikbetrieb. Hals über Kopf habe sie sich in einen älteren Jazzmusiker verliebt und mit dem Jazz eine neue Welt entdeckt, die ihr authentischer und aufregender vorgekommen sei als die ihr vertraute. Es sei ihr leichtgefallen, den Anforderungen zu genügen, sehr leicht sogar, man habe große Hoffnungen in sie gesetzt, mit kaum zwanzig sei sie als Kandidatin für den renommierten Klavierwettbewerb von Leeds vorgeschlagen worden. Im letzten Moment habe sie den Wettbewerb boykottiert.

Sie habe einfach keine Lust mehr gehabt, das klassische Repertoire zu spielen, habe sich mit einigen Lehrern angelegt und sich so mehr und mehr ins Abseits manövriert. Im Grunde habe sie die Vera vermisst, die in Kanada zurückgeblieben sei, die Geradlinigkeit und Wärme ihrer Landsleute. Hätte man ihr nicht im letzten Moment eine Stelle an der Musikhochschule von Toulouse angeboten, wäre sie wieder nach Montréal zurückgekehrt.

Vera war nicht so frei und unbekümmert, wie sie mir anfangs schien. Die Musik schrieb ihr den Tagesrhythmus vor, zwang sie in den unerwartetsten Momenten zur Arbeit, ohne einen Aufschub zu dulden. Sie litt darunter, nicht in den Tag hineinleben zu können, wie sie es gerne getan hätte. Manchmal löste sie sich wie benommen von ihrem Manuskript, wusste im ersten Moment nicht mehr, wo sie war, und atmete erleichtert auf, dass alles noch da war, das Sofa, die Küche und ich.

Über ihre Arbeit redete sie nur ungern. Umso überraschter war ich, als sie mir eine CD mit eigenen Werken schenkte. Sie legte sie auf das Kopfkissen, beiläufig, wie man eine gelesene Zeitung weglegt. Hör sie dir an, wenn ich weg bin. Vielleicht gefällt sie dir überhaupt nicht, sagte sie und verließ die Wohnung. Mit der CD gab sie mir auch ihren Namen preis, den sie bisher so eifersüchtig gehütet hatte.

Véronique Dumézil.

Tenebrae I-II.

Die CD enthielt kein Booklet, die Angaben über die Komponistin und ihr Werk waren spärlich. Noch am selben Nachmittag schaute ich bei Ettore vorbci, auf seiner Anlage hörten wir uns *Tenebrae* an.

Eine Stimme.

Eine Frauenstimme, weit weg, summend und leise. Andere Stimmen erwachten, Frauenstimmen, summend und ebenso leise.

Zögernd, als wären sie ungebetene Gäste, nahmen Männerstimmen den verhaltenen Gesang auf, der unmerklich zu einer vielstimmigen, tänzerischen Musik anschwoll. Nach ein paar ausgelassenen Takten brach der Chor ab, als hätte eine höhere Gewalt ihn zum Verstummen gebracht.

In die nachhallende, bedrohliche Stille setzte ein Klavier seine ängstlichen Töne. Nach mehreren Takten fanden sie zu einer verträumten, sanften Bewegung, zu einem Wiegenlied, das sich nach und nach in eine aufgeregte, zwitschernde Vogelwelt aus Trillern, Arpeggien und rasch repetierten Motiven verwandelte.

Es war der Mensch, der in dieses Vogelparadies einfiel. Männerstimmen übernahmen die Führung, bestimmten den Rhythmus, Frauenstimmen folgten ihnen, ließen sich jedoch bald nicht mehr knechten und formierten sich zu einem Gegenchor.

Die Menschen gaben einander keine Ruhe, die Männer den Frauen und die Frauen den Männern nicht, in immer rascherem Wechselgesang stachelten sie sich gegenseitig an. Eine Orgel setzte ein, mächtig, selbstherrlich, und peitschte die beiden Geschlechter gegeneinander auf.

Sechs Mal brach die Musik ab und begann wieder neu, begann jedes Mal in aufkeimender Hoffnung, fragil, wie aus einem fernen Echoraum. Die Engel im letzten, siebten Teil verloren nach einem verfrühten Jubilieren ihre Flügel, die Klänge wurde sehnsüchtiger, schmerzvoller, vermischten sich zu einer mächtigen Brandung, die in einem über mehrere Takte ausgehaltenen Orgelakkord endete.

In der nachfolgenden Stille, die eine endgültige hätte sein können, erwachten noch einmal Frauenstimmen, summend, leise, wiederholten pianissimo den Anfang der Komposition, wie eine leichte Brise kräuselten die sterbenden Töne ein letztes Mal die Wasseroberfläche.

Ettore suchte im Internet nach Véronique Dumézil und ihrem Werk, doch Vera besaß keine Homepage, die Informationen waren spärlich.

Véronique Dumézil, geboren 1956. Vera war

demnach neunundvierzig. Ihr Zyklus *Tenebrae I-VII* galt als ihr bisheriges Hauptwerk. Vier CDs waren erhältlich, alle bei demselben kleinen Label erschienen:

24 Präludien für Klavier solo
Sintflut bei Gibraltar
Tenebrae I-VII
Frauenmesse in verschwiegener Tonart

Einzig über die Homepage des »Festival d'automne de Paris«, einem Festival moderner Musik, zu dem Vera 1993 eingeladen worden war, fanden wir einen Link zu einem etwas ausführlicheren Text.

Dumézil lebt zurückgezogen und zeigt sich nur wenig in der Öffentlichkeit. Ihre Karriere begann die kanadische Komponistin als pianistisches Wunderkind. Überraschend kehrte sie mit kaum zwanzig Jahren dem klassischen Musikbetrieb den Rücken. Seither geht sie ihren eigenen Weg, der weder auf einen kommerziellen Geschmack noch auf irgendwelche musikalische Strömungen oder Moden Rücksicht nimmt. Ihr immer wieder von heftigen Krisen gezeichnetes Leben findet ein Echo in ihren Kompositionen, die von emotionaler Kraft und zugleich einer großen Sicherheit in der Anwendung der kompositorischen Mittel zeugen. Sie lehnt serielle Kompositionstechniken ab und setzt auf tonale Kohärenz, verwendet gerne Tonarten aus der griechischen Antike, der alten Kirchenmusik des lateinischen und slawischen Raums. Die Musik soll wieder reden und erzählen lernen, sagt sie. Zurzeit lebt sie als Organistin in Toulouse und unterrichtet am dortigen Konservatorium.

Meine Begeisterung machte Vera verlegen. Erwarte von mir nur nicht, dass ich Erklärungen zu meinen Kompositionen abgebe, das kann und will ich nicht, sagte sie, öffnete den Kühlschrank, griff nach einem Rosé, stellte ihn jedoch gleich wieder zurück.

Hast du dich damals Véronique oder Vera genannt, fragte ich.

Damals?

Bei unserer angeblich ersten Begegnung.

Ich mochte Véronique nie besonders, meine Freunde nannten mich nie so.

Beim Abendessen im Padrona erzählte ich Vera von Zofias Cembalo, das ungenutzt in meiner Berliner Wohnung stand. Ein Instrument, das nicht gespielt werde, verliere seine Seele, sagte Vera. Es wäre besser, ich würde das Cembalo nach Lerone holen.

Als Vera von der Seele des Cembalos sprach, fiel mir eine handschriftliche Partitur ein, die ich nach Zofias Tod unter den Sonaten, Trios und Quartetten entdeckt hatte. Die Partitur war mit einer ausführlichen Widmung der Komponistin versehen. Die Signatur war gut leserlich: Véronique.

In der Widmung erwähnte Véronique die schönen Tage, die sie mit Zofia in der Bretagne verbracht hatte. Weder von einer Véronique noch von einem Ausflug in die Bretagne hatte mir Zofia je erzählt. Auf jeden Fall nicht in einer Weise, die mir geblieben wäre. Warum hatte sie mir gewisse Dinge verschwiegen? Ich durchblätterte sämtliche Noten, doch ich fand nichts Vertrauliches mehr von fremder Hand. In den nachfolgenden Wochen suchte ich nach Zeugnissen und Indizien, die mir etwas über Zofias verborgenes Leben enthüllen könnten, ich fühlte mich schuldig und warf mir vor, zu wenig Interesse für sie und ihren Freundeskreis gezeigt zu haben.

War diese Véronique identisch mit Véronique Dumézil?

Wir waren zusammen in der Bretagne, bestätigte Vera.

Wann war das?

Vera schaute mich an, öffnete den Mund, um zu einer Antwort anzusetzen, entschied sich im letzten Moment anders und wiederholte nur leise, wir waren in der Bretagne. Sie rief den Kellner herbei und fragte, ob es das Dessert des

Tages noch gebe, obwohl wir an diesem Abend zu den frühen Gästen gehörten. Es war klar, dass das Thema für sie vorerst abgeschlossen war.

Vera gefiel es nicht, dass ich mich an das Notenmanuskript mit der Widmung erinnerte und dieses Manuskript in meinem Besitz war. Vielleicht bereute sie es, mir ihre CD geschenkt und mich so auf eine Spur gebracht zu haben.

Die Widmung war mit einer Zeitangabe versehen, an die ich mich erinnerte: Juni 1996. Vermutlich hatte die gemeinsame Reise der beiden Frauen kurz vorher stattgefunden. Sie schienen, zumindest sprach die Widmung dafür, Freundinnen gewesen zu sein.

Wenn ich von Vera mehr zu erfahren versuchte, reagierte sie unwirsch, schließlich gab ich es auf. Lass es gut sein, du brauchst nicht alles zu wissen!

Tagsüber komponierte sie oft auf der Piazza d'Oriente, meiner Piazza. Die Piazza d'Oriente wurde ihr Arbeitszimmer. Ein großes, ein helles Zimmer, ein Zimmer wie geschaffen für sie. Wenn sie über ihrem Manuskript saß, durfte ich dieses helle, luftige Zimmer nicht betreten, meine Gegenwart störte sie. Nur Bucerio, der zu Felices

Ärger nicht mehr von ihrer Seite wich, hatte das Recht, sie von der Arbeit abzulenken.

Ich wich auf die Piazza del Carmine aus, den Hauptplatz Lerones, das eigentliche Zentrum der Altstadt. An Stühlen, Tischen und Sonnenschirmen fehlte es der Piazza del Carmine nicht, doch die Stühle, Tische und Sonnenschirme der Piazza del Carmine besaßen nicht die Kraft der Stühle, Tische und Sonnenschirme der Piazza d'Oriente. Das Licht auf der Piazza del Carmine war nicht dasselbe, der Wind war nicht derselbe, selbst die Tauben schienen mir auf der Piazza del Carmine weniger vollkommen.

Von den beiden Türmen der Chiesa del Carmine war der eine nie vollendet worden, der andere strengte sich umso mehr an und zeigte unermüdlich gegen den Himmel. Es war der Turm, den ich von meinem Balkon aus sehen konnte. Vielleicht trug er mir nach, dass ich die Piazza d'Oriente der Piazza del Carmine vorzog.

Immer noch redete ich mit Zofia, erzählte ihr von meinem Tag, erzählte ihr von Vera. Nichts kann uns trennen, ich liebe dich nach wie vor, daran kann auch Vera nichts ändern, beschwichtigte ich sie. Alles ist noch dort, wo du es haben willst, deine Schuhe, dein schwarzer Rock, auch deine Zahnbürste im Glas neben meiner.

Fragte Vera mich nach meinen letzten Monaten mit Zofia, gab ich nur ungern Auskunft. Ettore war der einzige Mensch, dem ich mich geöffnet hatte, der die Geschichte kannte. Vera hatte ich lediglich erzählt, was ich allen erzählte, eine Version der Ereignisse, die den Ereignissen nicht ganz entsprach.

Für diese Version benutzte ich immer dieselben Sätze: Das Begräbnis wurde hinter meinem Rücken organisiert. Nach Zofias Tod wurde mir der Zutritt zur Wohnung verwehrt. Man hat sich zwischen mich und Zofia geschoben …

Vera blieben die Unstimmigkeiten in meinem Bericht nicht verborgen, sie wollte der Sache auf den Grund gehen. Wer hat sich zwischen dich und Zofia geschoben?

Ich hatte meinen Verdacht, aber wie sollte ich Vera diese komplizierte Geschichte erzählen?

Du hast über all die Zeit nichts von ihrer Krankheit gewusst, hakte sie nach.

Erst wenige Wochen vor ihrem Tod.

Wie ist das möglich? Mit einem Gebärmutterkrebs wurde sie gewiss operiert und hatte eine Chemo.

Die Krebsdiagnose war drei Jahre zuvor zum ersten Mal gestellt worden, erklärte ich. Damals war Zofia operiert und therapiert worden. Drei Jahre später begannen die Krebszellen wieder zu wuchern, Zofia lehnte eine Chemotherapie ab, diese Tortur wollte sie nicht noch einmal über sich ergehen lassen. Ich schöpfte keinen Verdacht, weil ich davon ausging, dass Zofia mir etwas so Entscheidendes mitteilen würde.

Vera blieb skeptisch, meine Version schien ihr nicht schlüssig, aber ich konnte mich nicht dazu durchringen, ihr die Wahrheit zu sagen.

Ich bemerkte Ettore erst, als sich sein Schatten auf meinen Tisch legte. Du hier? Besorgt fragte er, ob etwas vorgefallen sei.

Die Komponistin arbeitet gerade, und wenn sie arbeitet, beansprucht sie die Piazza d'Oriente für sich allein. Ein Störfaktor wie ich wird dann auf die Piazza del Carmine ausgelagert.

Nach zwei Prosecchi fanden wir auch die Piazza del Carmine erträglich. Seid ihr am Abend noch frei, fragte Ettore. Ich würde euch gerne zum Essen einladen. Meinst du, Vera ist mit dem Mare Nostrum einverstanden?

Das bezweifelte ich. Meine Vorschläge, zur

Abwechslung einen anderen Ort auszuprobieren, waren bei Vera bisher auf taube Ohren gestoßen.

Wir fanden Vera nicht auf der Piazza d'Oriente, auch in der Wohnung war sie nicht. Im Rahmen des Flurspiegels steckte eine Nachricht: »Bin ans Meer gefahren und morgen Nachmittag wieder zurück. Bis bald, Vera.«

In den folgenden Wochen fuhr sie immer öfter ans Meer, manchmal nur einen Tag, manchmal übernachtete sie in einer Pension. Warum fuhren wir nicht zusammen, warum machten wir uns nicht ein paar schöne Tage? Doch Vera zog ohne mich los.

Sie packte die faltbare Klaviertastatur in ihren kleinen, cremefarbenen Lancia und ließ mich allein zurück. Ich hätte ihr vorschlagen können, zu einem späteren Zeitpunkt nachzukommen, wir hätten wenigstens gemeinsam irgendwo essen können, doch ich besaß keinen Führerschein, ich war zwei Mal durch die Prüfung gefallen.

Zum ersten Mal in meinem Leben, mit zweiundsechzig Jahren, fühlte ich mich einer Frau ausgeliefert. Ich ertrug es nicht, dass Vera sich mir entzog. Ich ertrug es nicht, dass sie einen ganzen Tag verbringen konnte, ohne ein sexuelles Verlangen nach mir zu verspüren.

Nach einem ihrer Ausflüge eröffnete sie mir, eigentlich sei sie auf einer Abschiedsreise. Sie wolle Europa definitiv verlassen und im Herbst nach Kanada zurückkehren.

Im Herbst, das war schon bald, bis dahin blieb uns nicht mehr viel Zeit. Falls sie wirklich vorhatte, nach Kanada zurückzukehren, musste sie mich mitnehmen. Doch das kam für sie nicht in Frage.

Meine Schwester lebt in Montréal, erklärte sie, Mutter ist vor zwei Jahren gestorben. Ich will mit der Erbschaft etwas Sinnvolles anfangen. Die Menschheit ist nicht mehr zu retten, doch die Tiere und die Natur brauchen Zuwendung.

Deine Aufgabe ist die Musik, wandte ich ein.

Vera schüttelte den Kopf. Mein Requiem für das Meer ist meine letzte Komposition. Ich will mich vom Betrieb zurückziehen, was nicht heißt, dass ich nicht mehr komponieren werde. Übrigens, was dich betrifft: Du bist in Lerone nicht glücklich, du vertrödelst in diesem Nest nur deine Zeit. Du kannst doch deine Karriere nicht einfach hinschmeißen, nur weil dir bei *Lear* eine Textstelle nicht mehr eingefallen ist.

Ich erwähnte meine Angst vor einem Blackout, die mich seither verfolge.

Hast du nie daran gedacht, Hilfe zu suchen?

Hilfe?

Bei einem Therapeuten zum Beispiel.

Aus Gedankenlosigkeit hatte ich Fisch bestellt. Ich sehnte mich nach dem Leonardo, nach einer einfachen Pizza. War ich bei einer Pizza jemals auf Gräten gestoßen? Aber nein, wir aßen im Padrona, und im Padrona gab es keine Pizzen, das Padrona war sich für Pizzen, Fritten und Spiegeleier zu gut. Ich drehte meine Seele aus dem silbernen Serviettenring. Sie hatte schon viel zu lange in diesem Gefängnis gesteckt, sie freute sich über ihre Befreiung und entfaltete sich über die Maßen.

Es sei doch eine Verrücktheit, nach Kanada auszuwandern und alles zurückzulassen, was sie sich über Jahrzehnte aufgebaut habe.

Sie lasse sich von mir nicht vorschreiben, was sie in ihrem Leben zu tun habe, wies sie mich zurecht, aber weder sie noch die gedämpfte Atmosphäre im Padrona konnten mich von meiner plötzlichen Streitlust abbringen. Ich wurde wohl etwas laut. Vera stand auf und ging, durch das Fenster sah ich, wie sie vor der Terrasse stehen blieb, ihre Tasche durchwühlte und die Zigaretten suchte, die sie auf dem Tisch vergessen hatte.

Am nächsten Morgen fuhr Vera in aller Frühe weg. Für länger, sie wisse nicht, ob sie zurückkehre.

Abends entkorkte ich eine Flasche Rotwein, mit jedem Glas schien mir gewisser, dass ich allein auf der Welt war. Das war gut so, das war sogar saugut, das Schicksal hätte es nicht besser einrichten können. Ich war gerne mit mir allein, wenigstens wusste ich, was ich an mir hatte.

Was suchte dieses dämliche Moskitonetz auf meinem Balkon? Mit ein paar Handgriffen riss ich den Firlefanz weg, wenig später machte ich Licht in allen Zimmern. Du brauchst Licht, brauchst Helle, keine Frauen, brabbelte ich vor mich hin, allein mit dem Licht bist du schon fast zu zweit, bist der Finsternis entkommen und hörst die Engel ein himmlisches Präludium von Bach spielen.

Ich konnte nicht behaupten, dass ich vollkommen nüchtern war. Zofia blickte mir im Salon entgegen, ihr sonst freundliches Lächeln war verschwunden. Da bin ich wieder, meine Liebe, mach nicht so ein Regengesicht, nur weil ich noch am Leben bin. Ich bin immer noch derselbe, haargenau derselbe, wie du siehst. Die Welt ist ordentlich aufgeräumt, sie trägt einen Sonntagsschlips, und das nur, damit ein Unordentlicher wie ich aus dieser Ordnung heraussticht, damit man mit dem Finger auf ihn zeigen kann. Auch du warst eine ordentliche und aufgeräumte, eine helle und gut durchlüftete Seele mit einer Klingel, man musste drei Mal klingeln, damit du die Tür aufmachtest und den Besucher einließest, einem wie mir hast du oft den Eintritt verwehrt, aber ich trage dir nichts nach, in einer Welt, die so alt geworden ist und nur noch ein paar Jährchen zu leben hat, sollte man einander nicht mehr grollen. Ich schlage vor, wir gehen beide schlafen, du legst dich am besten auf eine Schäfchenwolke, auf eine dieser wolligen und blökenden Matratzen, die an gewissen Tagen über den Himmel ziehen und uns Sterblichen unheilvolle Zeiten verkünden. Ich bin mir treu geblieben, wie du siehst, ich kann mich selbst nicht so ohne Weiteres im Stich lassen, so Knall auf Fall, wie du es mit mir getan hast, das entspricht nicht meinem Charakter, ich bin eine treue Seele.

In einem Zustand metaphysischer Klarsicht entfernte ich sämtliche Fotos von Zofia und verbannte sie in die Truhe mit der Bettwäsche. Ich wollte allein sein, allein in meinen vier Wänden, endlich war ich zur Vernunft gekommen. Ich klammerte mich am Geländer des Balkons fest, der beleuchtete Turm der Chiesa del Carmine weckte mein Mitleid. Wie einsam, wie gottverlassen sah er aus, zweifellos hatte er auf meinen Auftritt gewartet. Auch die Häuser, die ihn umscharten, brauchten eine Stärkung, seit meinem ersten Aufenthalt in Lerone waren sie mir treu geblieben, nie hatten sie Reißaus genommen und mich sitzen lassen.

Wie es sich gehörte, verneigte ich mich vor dem Publikum, nahm seinen stillen, frenetischen Applaus entgegen, zur Belohnung zitierte ich die ersten Sätze aus *King Lear*. Jeder Anfang verlangt nach einer Fortsetzung, jede Liebe nach ihrem blutigen Ende, mein Publikum begriff das rasch und bat um mehr. Ich sprach nicht nur die Rolle des Königs, ich war ebenso Kent, Gloster und Edmund, ich schlüpfte in die Worte von Lears drei Töchtern. Die Bühne war winzig, aber das Publikum zahlreich, die Palazzi, die Kirchen und Balkone, die Brunnen, die Palmen und der Rosenlorbeer, die Ratten, die Katzen, der Himmel und die Sterne … Ich kam in Fahrt, ich war in meinem Element, nur einmal hörte ich einen Fensterladen zuschlagen.

Als ich nach der vierten Szene im ersten Akt eine kleine Pause einlegte, hörte ich Händeklatschen und Bravorufe. Zwei Carabinieri standen unten in der Gasse und blickten zu mir hoch. Ob das der Schluss meiner Predigt gewesen sei, fragte der eine. So ist es, sagte ich und entschuldigte mich für die nächtliche Ruhestörung.

Den jüngeren der beiden Polizisten kannte ich, abends saß er manchmal im Leonardo, gelegentlich tranken wir zusammen ein Bier. Wie viele seiner Landsleute hatte dieser ehemalige Student der Kunstwissenschaft das Pech gehabt, in einer Gegend aufzuwachsen, in der es für Doktoranden keine Arbeit gab. Aus was für einem Text ich rezitiert habe, wollte er wissen.

Shakespeare.

Othello?

Lear, King Lear.

Shakespeare ist groß, meinte er und wünschte mir eine gute Nacht, auch ich wünschte den beiden eine gute Nacht, die Nächte waren grundsätzlich gut, waren besser als die Tage, von einem höheren Standpunkt aus wäre es unlogisch gewesen, einem sachverständigen, unvoreingenommenen Publikum wie diesen beiden Polizisten eine schlechte Nacht zu wünschen.

In Berlin konnte ich mindestens einmal im Jahr eine mehrtägige Höllenfahrt nicht vermeiden. Einer dieser alkoholischen Tauchgänge hatte mir sogar eine Klage eingebracht, obwohl dabei keine fremden Personen zu Schaden gekommen waren, nur ich selbst.

Schon Tage vorher kündeten sich diese Tiefsee-Expeditionen durch Unruhe und Unzufriedenheit an, meist begannen sie mit einem harmlosen Spaziergang. Nur um frische Luft zu schnappen, gehst du raus, nur um dir die Füße zu vertreten, redete ich mir ein. Merkwürdigerweise steckte ich für diesen kleinen Spaziergang so viel Geld ein, als müsste es für eine Woche Urlaub reichen. Meine Zehen, meine Haarspitzen und vermutlich auch meine Leber wussten es schon lange, nur mir ging noch nicht auf, dass eine lange Nacht auf mich wartete, dass nach dem ersten oder zweiten Bier das dritte und vierte kam und ich nicht aufhören konnte, weil die Gläser für mich schon abgezählt waren, sie wollten alle leergetrunken sein, eines nach dem andern, bis Matthäi am Letzten.

Meist öffnete sich der Boden unter mir in der kalten Jahreszeit. Die kahlen Äste der Bäume, ihre Nacktheit und Schutzlosigkeit ergriffen mich. Sie brauchten Wärme, sie brauchten die Wärme, die auch ich brauchte, wir verstanden uns, meine Aufgabe in dieser Welt lag auf der Hand, ich versprach diesen frierenden Seelen einen Sommer. Ich betrat eine Bar, ich dachte an die froststarren Platanen und Birken und schlug aus reiner Sympathie Wurzeln, so feste, knorrige und tiefsinnige Wurzeln, dass selbst ich den Baum, der ich war, nicht mehr hätte ausreißen können. Nach ein paar Pils würde ich so still wieder verschwinden, wie ich gekommen war, nur etwas reicher als vorher, die Taschen mit einem Sommer gefüllt.

Aber irgendwann kam der Moment, der immer kam: Auf einmal sah ich die Schöpfungsgeschichte in einem völlig neuen Licht. Ich verbrüderte mich mit Adam gegen den Allmächtigen, dem der Mensch nicht nackt und durchsichtig genug sein konnte. Dieser tyrannische Gott geriet in Zorn, als Adam die Scham und den Respekt vor dem anderen Geschlecht entdeckte, dieser selbsternannte Diktator ertrug es nicht, dass Adam sein Privatleben mit einem Feigenblatt bedeckte und so dem lüsternen Despotenauge entzog.

Der Alkoholgehalt von Wein ist zwei oder drei Mal höher als der von Bier, aber die Berliner trinken den Wein zwei oder drei Mal schneller. Ich war ein langsamer Mensch, ich bestellte Bier, um mich gemächlich ins Vergessen zu trinken, und wenn ich vergaß, dass ich vor einem Bier saß, bestellte ich Wein. Sobald eine Frau ins Spiel kam, bestellte ich Wein, aus Höflichkeit, aus Edelmut sozusagen, und es kam immer eine Frau ins Spiel, allein war ich unfähig, die Lust an der Selbsterniedrigung auszukosten und mich bis auf den Grund des Ozeans zu trinken.

Wie gesagt, am Anfang stand das unschuldige, das nordische, gutmütige und hemdsärmelige Bier, aber irgendwann begann ich zu leuchten, begannen meine Trinkbrüder und Trinkschwestern zu leuchten, wie von selbst rutschte ich in jenes Paradies, das keine Punkte kannte, sondern nur Kommas, ich brauchte eine Trinkschwester für die Nacht, für viele Nächte, für eine Nacht, die nicht aufhörte, und wenn ich durch diese Nacht bis auf den Meeresgrund gesunken war, wenn ich Riesenkraken sah, leuchtende Medusen groß wie Raumschiffe und die vielen gekenterten Fregatten der vergangenen Jahrhunderte, wusste ich, dass es nicht mehr lange dauerte, bis ich mich vor mir selbst zu ekeln begann und die wirkliche Hölle mich wieder einholte: die Angst, Zofia gegenüberzutreten, diesem Engel des Tages, den ich mit meiner Höllenfahrt geschändet hatte.

Nur ungenau erinnerte ich mich am nächsten Nachmittag an den Auftritt der beiden Carabinieri. Ich war verkatert, ich nahm die Außenwelt nur bruchstückhaft wahr. Und doch begriff ich, dass es selbst in diesem erbarmungslosen Jahrhundert nicht ausgeschlossen war, gewisse Dinge wieder gutzumachen. Ich holte Zofia aus der Truhe mit der Bettwäsche.

Sie bedauerte mich nicht. Ungerührt sah sie zu, wie die Tage vorbeizogen, wie eine Woche, wie eine zweite verstrich, ohne dass Vera ein Lebenszeichen von sich gab.

Immerhin hatte ich die Piazza d'Oriente wieder für mich allein. Doch meine Piazza hatte sich seit Veras Verschwinden verändert. Laut und unruhig kam sie mir vor, als wüsste auch sie nichts mit sich anzufangen. Bucerio legte sich neben meinen Tisch und blickte zu mir hoch, aber ich konnte ihm nicht sagen, wo Vera geblieben war.

Ettore sah ich in dieser Zeit fast täglich. Die Hoffnung auf Veras Rückkehr hatte ich inzwischen aufgegeben. Drei Wochen war sie bereits weg, als Ettore fand, wir könnten abends bei mir kochen. Eingekauft war rasch, nur die Nachspeise fehlte noch. Wir waren nicht mehr weit von der angepeilten Pasticceria entfernt, als mir auf einem Parkplatz ein kleiner, cremefarbener Lancia auffiel.

Heft 75

Nur Ettore wusste Bescheid, nur ihm hatte ich erzählt, was es zu Zofia und mir zu erzählen gab.

Wir hätten nie nach Berlin ziehen dürfen, Zofia und ich. Wir wohnten nicht weit voneinander entfernt, die Windscheidstraße und die Friedbergstraße liefen aufeinander zu. Meine Dachwohnung war riesig, Zofias Wohnung klein, trotzdem war ich meist bei ihr. Meine Wohnung war ihr zu weitläufig, zu unaufgeräumt, ich hatte sie nie wirklich eingerichtet, wie ich mich im Leben nie wirklich eingerichtet hatte.

Ein halbes Jahr vor ihrem Tod, an einem verschneiten Märztag, verlangte sie meinen Schlüssel zu ihrer Wohnung zurück. Ich begriff nicht gleich, dass sie sich von mir trennen wollte.

Ich hatte wieder einen meiner Abstürze gehabt wie jedes Jahr, allerdings war dieser Tauchgang eher harmlos verlaufen. Gehen wir zusammen essen, schlug ich vor. Wenigstens noch einmal sollten wir in Ruhe miteinander reden.

Zofia schüttelte den Kopf. Es gibt nichts mehr zu reden, irgendwann haben sich die Worte aufgebraucht.

Ich sah die Wolken nie, die am Himmel aufzogen. Was die Liebe betraf, war ich blind. Hatte ich einen Gegner, war ein anderer Mann im Spiel? Zofia wollte mich nicht mehr sehen, doch wir wohnten zu nahe beieinander, wir konnten uns beide nicht unsichtbar machen. Wenn ich ihr auf der Straße begegnete, war sie immer allein. Sie ging nicht wie eine Frau, die sich frisch verliebt hat und von ihrem Geliebten erwartet wird. Ich konnte mir nicht erklären, was mit ihr geschehen war, warum plötzlich diese Veränderung, dieser Rückzug aus der Welt.

Sie hatte mir nichts von der Wiederkehr ihrer Krankheit erzählt, viel zu spät erst begann ich zu ahnen, wie es um sie stand. Möglicherweise war die Diagnose der Anstoß gewesen, sich von mir zu trennen, in ihrem Leben aufzuräumen, zumindest seelisch, alles Faule, also auch mich, aus ihrem Leben zu tilgen, wohl in der verzweifelten Hoffnung, auf diese Weise den Krebs zu besiegen.

In den sechs Monaten, die ihr noch blieben, kam es zu keiner Aussprache mehr zwischen uns. An einem Sonntagmorgen hinterließ sie mir eine Nachricht auf dem Anrufbeantworter. Sie wäre froh, wenn ich meine Sachen endlich aus ihrer Wohnung holen würde.

Ich hätte mehrere Koffer gebraucht, ich kam mit einem. Als ich fragte, wie es ihr gehe, sagte sie nur, ob ich wirklich glaube, dieser eine Koffer würde genügen. Sie hatte die Wohnung umgeräumt, andere Fotos aufgestellt, die Couch im kleinen Zimmer war nicht mehr da.

Die Zeit spielte mir unerwartet eine Karte zu. Kein Ass, keinen König, aber sagen wir: die Kreuzdame. Ich war dabei, etwas Ordnung in meine Wohnung zu bringen und die Kleider zu sortieren. In der Innentasche eines Jacketts, das ich schon lange nicht mehr trug, steckte ein Schlüssel. Ein Schlüssel, den ich verloren geglaubt hatte, ein Schlüssel zu Zofias Wohnung. Wie ein Maskottchen trug ich ihn in den folgenden Monaten auf mir, wie ein Sesam-öffne-dich, das mir Zugang zu einem Geheimnis verschaffen würde.

Zofia war in den vergangenen Jahren oft unterwegs gewesen, genau wie ich, oft hatten wir uns länger nicht gesehen. Sie konzertierte in anderen Städten, besuchte Freunde, ihre Abende waren so besetzt wie meine.

Nicht nur mir, fast niemandem hatte Zofia vom erneuten Ausbruch der Krankheit erzählt. Wenige Wochen vor ihrem Tod schöpfte ich Verdacht. Ich saß im Dollinger, einer Kneipe am Stuttgarter Platz, die Zofia nicht mochte. Sie ging draußen vorbei, klein und zerbrechlich kam sie mir vor, ihr Gang war ein anderer geworden. Wie konnte es sein, dass sie nichts mehr von ihrer früheren Leichtigkeit ausstrahlte, als hätte sich alles Licht von ihr zurückgezogen?

Ich redete ihr auf den Beantworter, ich schrieb ihr, ich wollte wissen, wie es um sie stand. Sie meldete sich nicht zurück, meine Sorge um sie ließ sie wohl befürchten, dass ich mich aufdrängen könnte. Ich hätte Freunde oder Bekannte von ihr anrufen können, aber ich rief niemanden an, ich suchte bei niemandem Trost. Ich erzählte niemandem, dass sich Zofia von mir getrennt hatte, ich schämte mich, jemandem das Scheitern unserer Partnerschaft einzugestehen.

Mein Verdacht bestätigte sich auf unerwartete Weise. Eine Freundin von Zofia rief mich so oft an, bis ich abnahm. Ob Zofia noch zu Hause sei oder schon in der Charité?

Wie bitte, was sagst du?

Ob Zofia noch zu Hause sei oder in der Charité, wiederholte sie überdeutlich, als hätte sie es mit einem geistig Behinderten zu tun.

Ihre Empörung half ihr wenig, ich konnte ihr nicht sagen, wo Zofia war. Wie gehabt, sagte sie. Was sie damit sagen wolle? Ich hätte mich vor drei Jahren, als Zofia krank gewesen sei, auch nicht viel um sie gekümmert, und nun sei es mir offenbar egal, wo sie sei.

Es gab unverschämte Menschen, das war nicht zu leugnen. Leider sei sie nicht auf der Liste der Personen, denen ich etwas erzählen dürfe, sagte ich, glücklich über diese Lüge.

Was für eine Liste?

Eine Liste, handgeschrieben, kariert, signiert und zu meinen Handen ausgestellt, wenn sie es genau wissen wolle. Kariert, signiert und datiert, wiederholte ich und hängte auf.

Wenn Zofia in der Charité war, stand es nicht gut um sie. Als gälte es, Zofia in letzter Minute zu retten, eilte ich in die Windscheidstraße und presste mein Ohr an die Wohnungstür im dritten Stock. Zum ersten Mal benutzte ich den Schlüssel, den ich in der Innentasche meines Jacketts gefunden hatte.

Geruch von Putzmitteln lag in den Zimmern, der Kühlschrank war leer, die Erde der Zimmerpflanzen jedoch noch feucht, als hätte Zofia die Wohnung erst vor kurzem verlassen. Auf der Notenstütze des Cembalos lag eine aufgeschlagene Partitur. Es war das Italienische Konzert von Johann Sebastian Bach, das sie liebte und oft vor Publikum spielte.

Ich fand dich lange nicht. Du warst nicht, wo du vor drei Jahren gewesen warst, in der Benjamin-Franklin-Klinik in Lichterfelde. Man verwies mich an die Virchow-Klinik im Wedding.

Die Anlage war groß, der Südring mit dem Gebäude 1A schien nicht zu existieren. Ich irrte vom Ostring zum Westring, vom Westring zum Nordring, eilte durch die Mittelallee und fand mich in einer Weststraße wieder, fuhr mit Aufzügen hoch und wieder hinunter, stolperte durch Gänge an weißen Kitteln, Rollatoren und Rollwagen mit aufeinandergestapelten Mittagsmenüs vorbei. Ich hatte die falsche Bühne betreten, du warst nicht hier, du konntest nicht hier sein, in dieser grotesken, wenn auch beängstigend freundlichen Fabrik.

Keine Antwort kam, als ich an die Tür klopfte. Vielleicht wurdest du gerade operiert, warst auf der Intensivstation oder in der Cafeteria. Ich klopfte noch einmal, bevor ich das Zimmer betrat. Ein Mann mit schlohweißem Haar und zahnlosem Mund starrte mir aus dem Bett entgegen. Das hochgefahrene Kopfteil hatte ihn in

Sitzposition gebracht, in der Hand hielt er einen Trinkbecher, wie man ihn für Kleinkinder benutzt, ein Becher mit Deckel und Saugöffnung. Im Wasserglas auf dem Nachttisch ruhte ein künstliches Gebiss.

Klopfte ich zu leise, hörte man mich nicht? Beim nächsten Zimmer hatte ich mich wenigstens im Geschlecht nicht getäuscht. Im Bett lag eine junge Frau, sie hatte die Decke zurückgeschlagen und einen knallblauen Kopfhörer umgestülpt. Sie bemerkte mich nicht, sie starrte zur Wand gegenüber, vermutlich auf einen Bildschirm.

Wo warst du? Hatte ich mir die Zimmernummer falsch gemerkt oder mich im Gang getäuscht? Warum verlief ich mich immer, sobald ich ein Gebäude mit mehr als drei Zimmern betrat? Kein Wunder, dass ich zwei Mal durch die Fahrprüfung gefallen war.

Die richtige Tür, deine Tür, war die zweitletzte im Flur. Ich bin's, sagte ich und setzte mich in den Lehnstuhl neben deinem Bett. Dein Gesicht kam mir magerer vor, aber du wirktest entspannt, als wärst du gerade in einem glücklichen Traum. Erst nach einer Weile öffnetest du die Augen und drehtest den Kopf in meine Richtung. Ich bin's, wiederholte ich, stand auf und beugte mich über dich, damit du mich sehen konntest. Ein Lächeln glitt über dein Gesicht.

Du hingst am Tropf, zwei Schläuche führten zu zwei Plastikbeuteln, die über dir aufgehängt waren, der eine enthielt fast keine Flüssigkeit mehr. Ich setzte mich wieder, griff nach deiner Hand, eine ganze Weile schwiegen wir. Plötzlich sagtest du, schön, dass du kommst. Diese Worte kamen so überraschend, dass ich einen Moment zweifelte, ob du mich überhaupt erkannt hattest.

Ich ging davon aus, dass dir eine Operation und noch einmal eine Chemotherapie bevorstand. Dass dieses Zimmer dein letzter Ort war, ein Sterbezimmer, hatte ich noch nicht realisiert. Wurdest du schon operiert, fragte ich.

Eine kleine Querfalte bildete sich über deiner Nase, du schautest mich an, als hättest du meine Frage nicht verstanden. Statt mir zu antworten, drücktest du auf einen Knopf, das Kopfteil deines Bettes hob sich an. Erst jetzt sah ich, wie mitgenommen du aussahst. Du batest mich, dir das Wasserglas zu reichen.

Auf dem schmalen Tisch an der Wand stand ein CD-Player. Hattest du ihn für diesen Spitalaufenthalt gekauft, hatte ihn dir jemand geliehen? Wenn du magst, können wir ein wenig Musik hören, sagtest du.

Ich erzählte niemandem, dass ich in deiner Wohnung übernachtete. Ich improvisierte auf deinem Cembalo, ich spielte das Italienische Konzert von Bach nach Gehör, das Notenlesen hatte ich nie richtig gelernt. Ich blätterte in deinen Fotoalben und wunderte mich über die vielen Fotos, die du von mir gemacht hattest.

Bei meinem zweiten Besuch fand ich die richtigen Eingänge und Flure auf Anhieb. Aber ich hatte ein neues Abenteuer zu bestehen. Die Krankenschwester rang sich zu keinem Lächeln durch, als sie mich sah. Wer ich sei? Absurderweise schoss mir ein Zitat aus Shakespeares *Lear* durch den Kopf. Who is it that can tell me who I am? Meine Identität war gefragt, doch dem Gesicht nach schien diese Fachkraft genau zu wissen, mit wem sie es zu tun hatte.

Soviel ich weiß, will Frau Landowska Sie nicht sehen.

Im Unterschied zum heiligen Georg besaß ich keine Lanze, um sie zu erstechen. Ich sehe dieses Pfirsichgesicht, diesen hafergelben Pferdeschwanz, diese sahnige Stupsnase, dieses Babyblau, Schnullerblau oder Veilchenblau der Iris immer noch vor mir. Wie kam so viel Bosheit in ein Geschöpf mit dieser unschuldigen Physiognomie? Ich hatte dich gleich nach einer Probe angerufen, vor kaum einer Stunde, du wartetest auf mich. Offenbar gab es jemanden, der diesem Hausdrachen eingeflüstert hatte, dass ich zu deinen Feinden gehörte.

Zu meiner Rettung tauchte die Pflegerin auf, die dir bei meinem letzten Besuch das Morphiumpflaster gewechselt hatte und mich gleich wiedererkannte. Frau Landowska erwarte mich.

Die anderen sind lieb, sagtest du nur, als ich dir die Drachengeschichte erzählte.

Auf dem Nachttisch lagen zwei Bücher, zwei polnische Gedichtbände von Wisława Szymborska, deiner Lieblingsdichterin. Ich legte eine Schachtel mit Patisserie dazu, die ich dort gekauft hatte, wo du sie immer kauftest, in der Konditorei der Galerie Lafayette. Kleine süße Kreationen, die den Berlinern viel zu klein, zu fein und zu kunstvoll waren, denn die Berliner liebten ihr wuchtiges, pampiges und unverdauliches Gebäck, das in den Vitrinen zu allem Überfluss und ohne jeden Sinn für Humor als Feingebäck angeboten wurde.

Du mustertest die Schachtel skeptisch, ich glaubte zu wissen, was du gleich einwenden würdest. Dass ich wieder einmal übertreibe. Ob ich wirklich glaube, dass du alle acht Stücke essen würdest.

Ich muss dir etwas sagen, begannst du stattdessen in einem Ton, der so ernst war, dass er nichts Gutes erwarten ließ. Es gibt keine Operation mehr, auch keine Chemotherapie. Ich habe es selbst so entschieden, ich wollte mir den Horror ersparen. Ich habe keinen langen Weg mehr vor mir, und in dieser kurzen Zeit, die mir verbleibt, mag ich nicht über uns und das Vergangene reden, wenn ich dich darum bitten darf. Die Dinge sind gelaufen, wie sie liefen, wir können beide nichts dafür.

In den beiden Wochen, die dir und mir noch blieben, versuchte ich deine Wohnung gegen unerwünschte Eindringlinge und Plünderer zu verteidigen. An einem Morgen, ziemlich früh, hörte ich Schritte im Stiegenhaus. Schritte, die auf dem Absatz vor der Wohnungstür verstummten.

Ich hörte den Schlüssel, ich hörte das Schloss. Sie klingelte nicht, sie klopfte nicht, sie betrat die Wohnung, als gehörte sie ihr. Ich brauchte nicht lange zu rätseln, mit wem ich es zu tun hatte.

Durch die halboffene Küchentür konnte ich im Flurspiegel Marikas lilafarbenen Wollrock und flohbraune Samtjacke sehen. Sie betrat das Musikzimmer, wenig später erklang das Italienische Konzert von Bach, das unter deinen Händen so tänzerisch und orchestral, fast romantisch geklungen hatte. Du lagst im Spital, hingst am Tropf, ohne jede Möglichkeit, dich gegen Marika zu wehren.

Ich stand hinter ihr, sie bemerkte mich nicht. Ich hätte mich zu ihr hinunterbeugen, ihr ins Ohr flüstern können, lass das! Doch sie war so sehr in ihr Spiel vertieft, sie wirkte so zerbrechlich, dass ich wieder hinausschlich und an der Wohnungstür klingelte, um auf mich aufmerksam zu machen.

Bei dieser Gelegenheit erfuhr ich, dass du ihr das Cembalo versprochen hattest. Ich war nicht über Marika empört, ich war über dich empört. Du verschenkst den Christian Zell, als hätte er gar nichts mit mir zu tun, als gehörte er nicht zu unserer gemeinsamen Geschichte. Ich bin einer geworden, der für dich nicht mehr zählt.

Marika stand da, ratlos, die Hände ineinander verkrallt, plötzlich begann sie zu weinen. Was hätte ich anderes tun können, als ihr einen Kaffee anzubieten und ihr zuzureden, dass die Dinge und insbesondere ich nicht so schlimm waren, wie sie glaubte.

Als ich am selben Nachmittag von einer Probe zurückkehrte, stand ein Umzugswagen in Zofias Straße, genau vor ihrer Haustür. Zu meiner Erleichterung räumten die Männer eine Wohnung im Haus gegenüber. Es war dieser Umzugswagen, der mir zu Bewusstsein brachte, dass ich handeln musste.

Der Christian Zell stammte aus einer Hamburger Werkstatt. Es war eine Verrücktheit, eine

Firma aus Hamburg mit dem Transport zu beauftragen, doch die Berliner Firmen waren vorübergehend ausgebucht, ich hatte keine Zeit zu verlieren.

Marika war nicht die Einzige, die einen Wohnungsschlüssel besaß. Bald tappte mir der nächste Besucher in die Falle. Er musste auf Gummisohlen das Treppenhaus hochgestiegen sein, ich hörte ihn erst, als er die Wohnungstür zu öffnen versuchte. Mein Schlüssel steckte von innen und vereitelte seine Absicht.

Der Mann hatte sich schon umgedreht, als ich durch den Türspecht guckte, ich erkannte gerade noch einen dunklen Trenchcoat und eine Ledermütze, unter der drahtiges, rotblondes Haar hervorquoll.

Etappenweise schleppte ich von Zofias Wohnung in meine, was ich fremdem Zugriff entziehen wollte. Zofias Bücher, Briefe und Fotoalben. Die Papierschere, den Samowar, die Aquarellfarben und Pinsel. Kleider und Schuhe, die mir an Zofia besonders gefallen hatten. Ihre Lieblingstasse, ihre Flacons und Schminksachen.

Die Musiknoten, die Manuskripte ihrer Publikationen. Die Druckfahnen ihres zweibändigen Werks über Komponistinnen, die vielen

Notizhefte, Ordner und Zettelkästen. Ich schlief wenig, ich arbeitete mich durch die Nächte und staunte über Zofias Produktivität. Das Schreiben war ihr leichtgefallen.

Nach und nach fiel mir auf, dass gewisse Dinge fehlten. Bilder, Schmuck, Besteck. Das unvollendete Manuskript über Anna Magdalena Bach. Hatte es jemand an sich genommen, hatte Zofia es jemandem in Verwahrung gegeben? Die Veröffentlichung war auf das kommende Jahr geplant.

Für meine eigenen Sachen, die ich in ihrer Wohnung zurückgelassen hatte, wäre noch Zeit, bildete ich mir ein. Doch nur das Cembalo konnte ich in letzter Minute retten.

Die Hamburger kamen pünktlich. Vier Tage vor Zofias Tod fand das Cembalo in meiner Wohnung ein neues Zuhause. An diesem Tag entdeckte ich die Lücke im Bücherregal.

Ein Teil deiner Tagebücher fehlte. Am nächsten Abend war mir der Zugang zu deiner Wohnung verwehrt, die Wohnungstür ließ sich nicht mehr öffnen. Ein zweites Schloss war über dem ersten montiert worden. Unverkennbar die Arbeit von Amateuren.

Ich machte alle Verpflichtungen rückgängig, die ich konnte. Trotzdem sahen wir uns in deinen letzten beiden Wochen nur noch fünf Mal. Die Besuche wurden dir rasch zu viel und strengten dich immer mehr an.

Du fragtest, ob ich allein zurechtkomme, fragtest nach den Aufführungen. Du warst bereits in einer anderen Welt, in der Streitigkeiten nichts mehr zu suchen hatten. Ich gehörte noch zu der Welt, die dir bereits nichts mehr anhaben konnte, die unerheblich geworden war angesichts des nahen Todes, vielleicht konntest du mich darum akzeptieren. Als ein Mensch ohne Vergangenheit, der meist still an deinem Bett saß und den du doch gut kanntest. In diesen beiden Wochen kehrten wir in eine alte Vertrautheit zurück.

Dein Lächeln war nach innen gekehrt und gelöst. Etwa Glückliches ging von ihm aus, aber Glück war nicht das richtige Wort. Etwas Vollkommenes vielleicht. Etwas Vollkommenes, schon Jenseitiges, das nicht mehr für die Menschen von dieser Welt bestimmt war. Der

Friede, der das kleine Zimmer füllte, kontrastierte schmerzlich mit dem säuerlichen Geruch, der von deinem sterbenden Körper ausging.

Wusstest du, dass ich das Cembalo zu mir genommen hatte, dass ein zweites Schloss an deiner Wohnungstür mir den Zutritt verwehrte? Einmal erwähnte ich den Schlüssel, den ich in einem alten Jackett gefunden hatte. Wenn du ihn wiedergefunden hast, dann wollte er zu dir, sagtest du.

Nur bei meinem zweitletzten Besuch beklagtest du dich, dass du nicht einmal mehr Musik verträgst. Höchstens ein paar Minuten Bach, mehr gehe nicht. Es war das einzige Mal, dass ich dich traurig sah und in einer stillen Angst vor dem Unausweichlichen.

Ich hatte nachgerechnet. Es musste im dritten Akt gewesen sein, als deine Seele den Körper verließ. Lear, also ich, irrte bei Sturm und Wind über die Bühne, von seinen, also meinen, beiden Töchtern vertrieben. Im dritten Akt irrte ich durch eine regengepeitschte Heidelandschaft, dem Wahnsinn nah.

Eine halbe Stunde nach dem Applaus war ich bei dir. Deine Augen waren geschlossen, deine Hände noch nicht kalt. Eine Plastikstütze hinderte dein Kinn am Hinunterklappen, das Kissen auf dem Lehnstuhl war eingedellt. Ich hatte es am Nachmittag glattgestrichen, bevor ich dich verließ. Jemand war bei dir gewesen, jemand hatte dir vielleicht die Hand gehalten, als du aus dieser Welt in die andere hinüberglittest.

Eine Angestellte betrat das Zimmer, sie wollte dich für das Jenseits herrichten, sie bat mich, draußen zu warten. Ich protestierte, ich wollte dich so, wie du warst, ungeschminkt, aber dieser Todesengel ließ sich nicht überreden. Zu meiner Verwunderung lag schon alles bereit, der Lippenstift, ein Nachthemd, dein Lieblingsnachthemd. Hattest du diese letzten Anordnungen veranlasst?

Sie hatte gute Arbeit geleistet, wie ich zugeben musste, als ich wieder bei dir war. Deine Lippen, dezent geschminkt, schienen zum Leben erwacht, deine Hände waren über einer Rose gefaltet, ein Hauch von Rouge lag auf deinen Wangen. Jeden Augenblick konntest du aus deinem Schlaf aufwachen, ich brauchte dich nur zu berühren.

Wir waren allein, so allein, wie wir noch nie allein gewesen waren, jeder unerreichbar für den anderen. Unter deiner Achselhöhle ertastete ich noch einen Rest von Wärme. Warum sah ich auf einmal die kleine Schildkröte vor mir, über die wir so oft gelacht hatten, wenn wir an sie dachten? Erinnerst du dich? Wir besuchten den Botanischen Garten, wenige Wochen nach unserer Ankunft in Berlin, auf einem fast unberührten Schneeteppich gingen wir auf die Gewächshäuser zu. Immer noch sehe ich dich neben dem Riesenkaktus mit den stacheligen Armen, die hochstrebten ins Licht, du strahltest dieses urtümliche Geschöpf an, diesen strammen und in seiner sprachlosen Ruhe verführerischen Erdenbewohner.

Er ist das genaue Abbild deiner Seele, sagtest du.

Das war nicht zu übersehen, er war wie ich, stachelig, unverwüstbar, mit einem Unterschied nur. Er war der bessere Schauspieler, er hatte weder Worte noch Gesten nötig, um die Aufmerksamkeit auf sich zu ziehen.

Im Gegensatz zu dir ist er von einem unersättlichen Hunger nach Licht und Erkenntnis getrieben, fügtest du schelmisch an.

Eine pflanzliche Stille umhüllte dich, in der weißen Pelzmütze und dem zottigen Mantel wirktest du in dieser Wüstenlandschaft wie aus einer nordischen Zauberwelt entronnen. Du warst schön, das war dir in diesem Augenblick bewusst, du spürtest deine Macht über mich, wie du sie immer gespürt hattest. Deine Unterlippe schob sich leicht vor, dein Gesicht zog sich ein wenig in die Breite.

Genau wie damals, bei unserer allerersten Begegnung in Paris. Wir hatten uns im Haus des Gastgebers, eines Diplomaten aus deiner Heimat, vor dem Buffet eingefunden. Der Kollege, der mich zum Hauskonzert mitgenommen hatte, stellte mich vor, als wäre ich das Glanzlicht des Abends. Du schautest mich etwas verwundert an, vermutlich leuchtete dir nicht ein, warum man dir ausgerechnet diesen Kerl präsentierte.

Ich wollte etwas zu deinem Cembalospiel sagen, aber wie üblich fiel mir nichts ein. Sogleich hattest du meine Verlegenheit registriert. Deine Lippen öffneten sich leicht, sie glänzten, sie oszillierten im Licht der Halogenleuchten. So engelhaft du mit deiner hohen Stirn vor dem Cembalo gewirkt hattest, so anders war die Frau, die nun vor mir stand und mich musterte. Kein Engel mehr, der Johann Sebastian Bach und Buxtehude spielte, eher eine Eva, die das Paradies doch etwas zu langweilig fand. Ich sah nur diese Lippen, sah die andere Frau, die sich in dir versteckte, eine Frau, die ihre Lippen durch die Maske deines Gesichts schob, ich sah nur diese Lippen, die mich zu suchen schienen, diese Unterlippe, auf der ein Keksbrösel klebte. Ich konnte nicht anders, ich neigte mich vor, ich küsste dir den Brösel weg.

Zum ersten Mal in meinem Leben fing ich von einer Frau eine Ohrfeige ein. Du sahst nicht wütend aus, im Gegenteil, du blicktest mich völlig erschrocken an. Entschuldigen Sie, das wollte ich nicht, das wollte ich überhaupt nicht, sagtest du, drücktest einen Kuss auf meine Wange, genau an die Stelle, die noch von deiner Ohrfeige brannte.

Nicht in der Kakteenlandschaft, erst später im Tropenhaus packte dich der Übermut. Wir waren allein, die Schatten urtümlicher Blattgewächse schützten uns, du hattest deinen Mantel aufgeknöpft, ich hatte dich hochgehoben, wir vergassen die Welt um uns. Erst als ich die Gürtelschnalle wieder schloss, sah ich die kleine Schildkröte. Sie streckte ihren schlechtgelaunten Altmännerkopf unter einem exotischen Blattgewächs hervor und starrte zu uns hoch, in ihrem Kiefer hing ein noch nicht zu Ende zermalmtes Salatblatt.

Ich hatte niemanden von deinem Tod benachrichtigt. Ich war nicht fähig, zum Hörer zu greifen. Ich war nicht fähig, eine Trauernachricht aufzusetzen. Was hätte ich schreiben sollen? Zofia ist gestorben. Sie ist friedlich entschlafen. Sie ist nachts um zweiundzwanzig Uhr aus dem Leben geschieden. Sie ist …

Man hätte mir eine Mitteilung dieser Art als Gefühllosigkeit ausgelegt, aber ich brachte nichts anderes zustande. Zofia ist tot. In unzähligen Variationen drehte sich diese eine Aussage in meinem Kopf, sie verschluckte alles andere.

Ich vertrug es nicht, wenn Bekannte und Freunde mir ihr Beileid ausdrückten, ich wusste nicht, was ich antworten sollte. Was erwarteten sie? Dass ich mich ihnen öffnete, dass ich ihnen zeigte, wie gut oder schlecht es mir ging? Diese Trauermienen, diese Grabesstimmen, diese verlegenen Worte. Lieber wäre mir gewesen, man hätte die Klappe gehalten.

Zwei Wochen nach deinem Tod kehrte ich der Bühne endgültig den Rücken. Die Nachricht verursachte einen kleinen Wirbelsturm, ich musste mich gegen Journalisten und allerhand gutgemeinte Zudringlichkeiten wehren. Der Dezember kam und mit ihm die alljährliche glühweinselige Dumpfheit. An einem vernieselten Graupelmorgen überquerte ich den Ku'damm und betrat ein Café, zwei Kellnerinnen stülpten große Nikolausmützen über die Rückenlehnen der Stühle. Bei diesem Anblick packte mich der Katzenjammer. Was hatte ich in dieser Stadt verloren?

Seit deinem Tod verkehrte ich nur noch in Lokalen, in denen ich vorher nie gewesen war. Ich ging die Leonhardtstraße hoch, ich betrat die Bäckerei nicht, in der gerade zwei Bekannte verschwanden. Als ich den Lietzensee erreichte, öffnete sich der Himmel, ein verlorener Wollhandschuh leuchtete auf einer Parkbank. Auf einmal sah ich die Piazza d'Oriente vor mir, sah die ruhigen Palazzi im hellen Licht, sah dich an einem Tisch vor dem Leonardo sitzen, als würdest du auf mich warten.

Anfang November warst du beerdigt worden, an einem eisigen Januartag flüchtete ich aus Berlin. In Lerone würden wir uns näher sein.

Heft 76

Was suchte der kleine, cremefarbene Lancia auf diesem Parkplatz? Sah er nicht zufrieden aus, zufriedener als ich? Kein Wunder, er wusste, dass seine Herrin ihn nicht im Stich lassen und bald zurückkehren würde.

Bist du sicher, dass es ihr Auto ist? Das Modell ist ziemlich häufig, gab Ettore zu bedenken.

Das Postamt war nur wenige Schritte entfernt, Vera gab vermutlich einen Brief auf und würde nachher, daran zweifelte ich keinen Augenblick, im Padrona essen. Ich starrte durch die Scheiben, aber Vera hatte nichts liegen lassen, der Wagen war tadellos aufgeräumt. Lass uns lieber im Padrona auf sie warten als hier in dieser Hitze, drängte Ettore, der ungeduldig wurde.

Das Lokal lag auf der anderen Seite der Stadt. Wir waren mit unseren Einkaufstüten noch nicht lange unterwegs, als Ettore stehen blieb. Schau mal, ist sie das nicht?

Die Frau, die vor einem Eisstand ihren Pappbecher anlächelte, trug einen roten, breitkrempigen Strohhut. Als sie uns sah, hob sie die Hand und winkte. Ich hatte Vera noch nie mit Hut gesehen, auch die Badetasche mit den aufgedruckten bunten Fischen war neu. Sie übergab Ettore den Pappbecher mit dem Zitroneneis, um mich zu umarmen, sie roch nach Sonnencreme und Glück.

Seit dem Nachmittag war sie wieder in Lerone, sie hätte gleich auf der Piazza nach mir geschaut, sagte sie. Den Leihwagen hatte sie zurückgegeben, der Lancia vor dem Postamt konnte folglich nicht ihrer gewesen sein.

Drei Wochen hatte ich nichts mehr von ihr gehört. Sie tat, als hätten wir uns nur ein paar Stunden nicht gesehen.

Drei Wochen.

Drei Wochen waren eine Ewigkeit. Doch für jemanden, der mit der Ewigkeit befreundet war, mochte das nur ein flüchtiger Moment sein.

Ich schmollte, oder genauer: Ich hätte gerne den Beleidigten gespielt, aber mit ihrer offensichtlichen Freude, mich wiederzusehen, erstickte Vera jedes Aufbegehren. Eine kluge Taktik, um Vorwürfen den Wind aus den Segeln zu nehmen, hätte man meinen können, doch Vera war keine, die taktierte und anderen etwas vorspielte. Ihren Vorschlag, gemeinsam im Padrona zu essen, nahmen Ettore und ich bereitwillig an, nichts schien uns logischer.

Veras gute Laune war ansteckend, es blieb nicht bei einer Flasche. Ich musste sie erst gar nicht fragen. Sie hatte ihr Requiem für das Meer beendet.

Vera zog nicht mehr bei mir ein. Sie wohnte wieder in der Residenza del Carmine, doch wir waren öfter zusammen als je zuvor. Jeden Morgen frühstückten wir auf der Terrasse des Leonardo, wie ich es mit Zofia getan hatte, wir lasen oder ließen einfach die Zeit verstreichen.

Es waren unsere letzten gemeinsamen Tage. Eine Woche, so lange wollte Vera noch bleiben, dann nach Nisyros aufbrechen, wie sie das ursprünglich vorgehabt hatte.

Nisyros.

Ich hatte nachgeschaut. Eine winzige Insel in der Ägäis. Man hätte sie ruhig im Meer versenken können, niemand hätte sie vermisst.

Ein Tramontana reinigte die Luft, der Abend legte einen rosa Hauch über die sandsteinfarbenen Palazzi, wie frischgebadet sahen sie aus. Zwei Frauen, schwarzgekleidet und stumm, überquerten die Piazza d'Oriente, wir blickten ihnen nach, bis sie um die nächste Ecke verschwunden waren. Wenig später begannen die Glocken der Chiesa del Carmine zu läuten, rostig und dünn, als kostete es sie große Anstrengung, den

Menschen unserer Zeit das letzte Geleit zu geben.

Wir gingen vorsichtig miteinander um, wir erwähnten Kanada nicht mehr. Manchmal ertappte ich Vera dabei, wie sie vor den Fotos stehen blieb, auch sie schien mit Zofia zu reden. Einmal beklagte sie sich, ich hätte ihr bisher nie die wirkliche Geschichte erzählt.

Welche Geschichte?

Deine Geschichte, die Geschichte von dir und Zofia.

War es die Stille über der Piazza d'Oriente, die mich nachgeben ließ? Zofia hatte sich von mir getrennt, begann ich und wunderte mich, dass mir dieser Satz über die Lippen kam. Ich erzählte Vera von den letzten Monaten in Berlin, erzählte ihr, was ich bisher allein Ettore erzählt hatte. Möglichst kurz, nahm ich mir vor, aber es wurde ein langer Bericht. Vera wagte nicht, mich zu unterbrechen, als fürchtete sie, ich könnte den Faden verlieren und verstummen. Nur wenn eine Pause zu lang wurde, wiederholte sie fragend meinen letzten Satz.

Nun weißt du alles, schloss ich. Vera schwieg, blickte auf das leere Weinglas, das sie in der Hand drehte, schließlich richtete sie sich in ihrem Stuhl auf. Wer war dieser Mann, der einen Schlüssel zu Zofias Wohnung besaß?

Dem Mann im Trenchcoat, den ich durch den Türspecht hatte weggehen sehen, war ich bei Zofias Beerdigung wiederbegegnet. Ein geselliger Mensch, er schüttelte die Hände aller Anwesenden außer meinen, mit den Geistlichen schien er bestens vertraut. Keine Frage, er war einer der Hauptverantwortlichen für die Zeremonie und die Überführung von Zofia nach Warschau. Ich konnte zu wenig Polnisch, um genau zu verstehen, was er in seiner Ansprache sagte. Aber einiges bekam ich doch mit. Zofia soll, so glaubte ich zu verstehen, zu ihrer Heimat und zu ihrem Glauben zurückgefunden haben.

Ich war empört. Zofia hatte schon immer einen Draht zu höheren Mächten gehabt, sie hatte sich in der Schöpfung aufgehoben gefühlt, sie war mit dem beneidenswerten Gefühl einer Geborgenheit geboren. Ihre Heiterkeit und Nachgiebigkeit im täglichen Leben hatte damit zu tun. Sie brauchte keine Kirche, sie brauchte keine Bekehrung und keine Heimführung, sie war schon immer in einer anderen Welt zu Hause gewesen.

Ich saß neben Ettore in der Kirchenbank, in der Reihe hinter Zofias Freunden und Bekannten, hinter diesen Trauermöpsen und Heuchlern, für die ich der falsche Mann für Zofia gewesen war, für die ich die Schuld daran trug, dass Zofia nicht mehr unter den Lebenden war, ich verfluchte diesen selbstgerechten Schwafler, den unbegabten Orgelspieler, diese ganze himmeltraurige, schlecht inszenierte Veranstaltung, und auf einmal wurde mir übel.

Kaum hatte ich mich aus der Kirchenbank gezwängt, wusste ich, dass es mir nicht mehr bis zum Ausgang reichen würde. Mein Blick klammerte sich an einem Beichtstuhl fest, ich steckte den Kopf zwischen die beiden zugezogenen Vorhänge und übergab mich.

Bucerio wich nicht von Veras Seite, wenn wir auf der Piazza d'Oriente saßen, zwischen ihm und mir herrschte eine heimliche Konkurrenz. In Hundejahre umgerechnet war ich allerdings der Jüngere. Im Gegensatz zu Felice schien er erfasst zu haben, dass sich mit Vera ein ungewöhnlicher Mensch nach Lerone verirrt hatte. Wenn sie ging, winselte und klagte er, als spürte er, dass ihm nur noch wenige Tage mit ihr blieben. Ich werde dich mitnehmen, tröstete sie ihn, ein so dummes Herrchen wie diesen Felice hast du nicht verdient.

Seit dem Abend, an dem ich Vera von Zofia und mir erzählt hatte, übernachtete Vera wieder bei mir. Doch sie zog nicht aus der Residenza aus, sie brauchte den Rückzugsort, um ein paar Stunden am Tag allein in ihrem Zimmer zu verbringen. Um nichts zu tun, sie liege nur auf dem Bett und blicke zur Decke hoch.

Ihre Arbeit ruhte, sie schloss ihre Notenmanuskripte und Notizhefte im Koffer ein, wie man etwas, das zu einem vergangenen Leben gehört, auf dem Dachboden verstaut. Endlich habe sie wieder Ruhe, erklärte sie.

Ruhe wovor?

Seit sie das Requiem beendet habe, sei eine Stille in ihrem Kopf, nach der sie sich seit langem vergeblich gesehnt hätte. Keine Gesangsstimmen, keine Orchesterklänge würden sie mehr verfolgen. Offenbar sei sie ihren Weg zu Ende gegangen.

Sie wurde leichter und ich immer schwerer, je näher ihre Abreise rückte. Du bist schweigsam, bemerkte sie, als wir vom Padrona zurückkehrten. Sie hatte recht, ich war so still wie die Gassen, durch die wir gingen, Veras bevorstehende Abreise erstickte alle Worte in mir.

In der vorletzten Nacht fanden wir beide keinen Schlaf. Vera drehte sich im Bett zu mir um und griff nach meiner Hand. Du magst Inseln nicht besonders, sagte sie.

Warum?

Nur so. Ich dachte gerade, wir könnten zusammen nach Nisyros fahren.

Die Strände waren nicht hell, sondern aus vulkanischem Gestein, schmale Sicheln aus schwarzen Kieseln. Wildernde Ziegen fraßen die Hänge kahl, die Feigenkakteen scherten sich nicht um uns. Korkeichen stemmten ihre Kronen in den Wind, aber längst wurde kein Kork mehr abgebaut.

Nisyros – aber ich greife vor.

Ich reiste vier Tage nach Vera, die früheren Flüge waren alle ausgebucht. Zu spät landete ich am Abend auf Kos, um Nisyros noch zu erreichen. Am nächsten Mittag bestieg ich die Fähre, ein steifer Wind ging, weder auf Achter- noch Vorderdeck saß ich ruhig.

Ruhig saß man nur auf der Piazza d'Oriente. Sie hatte immer genauso viel Zeit wie ich, nie wäre es ihr eingefallen, meinen Pass zu verlangen oder mein Gepäck zu durchwühlen. Unter all diesen Urlaubern, die aus ihrem Leben flüchteten, kam ich mir wie Frachtgut vor. Was trieb mich, Vera nachzureisen, nur um das Ende einer Geschichte hinauszuzögern?

Mit einer ausgebleichten Segeltuchtasche und neuen, sandfarbenen Stoffschuhen ging ich an Land. Dünenfarben, hatte die Verkäuferin gemeint. Dünenfarbene Schuhe, so wenig aufregend wie schlickfarbenes Haar.

Vera hatte mir im Hotel eine Nachricht hinterlassen. Sie sei am Strand, sie werde gegen Abend zurück sein.

Niemand hielt sich im kleinen, von der Straßenseite abgewandten Garten des Hotels auf, mit ein paar Liegestühlen und dem Swimmingpool war ich allein. Ich brauchte wieder festen Boden unter den Füßen, in meinem Schädel herrschte immer noch hoher Wellengang.

Ein älterer Angestellter brachte mir einen Mokka, später eine Schale Joghurt mit Honig und ein Sandwich. Als er sah, dass mein Hunger noch nicht gestillt war, stellte er mir aus Resten des Hotelfrühstücks eine Mahlzeit zusammen. Etwas Würdevolles ging von dem großgewachsenen Mann aus, man hätte ihn für den Hausherrn halten können, der aufmerksam und stolz seine Gäste bewirtet.

Der Elefant ist das schwermütigste unter allen Tieren, notierte ich, *nur er vermag sich an seine früheren Le-*

ben zu erinnern. Somit gehört er zur seltenen Gattung der Dünnhäuter. Oft rührt er sich stundenlang nicht und denkt über die Vergangenheit nach. Sie erscheint ihm größer und heller als die Zukunft.

Wenn er sich im Fluss betrachtet, weiß er nicht, was er von sich halten soll. Seine Größe gefällt ihm nicht, die Zierlichkeit einer Gazelle wäre ihm lieber gewesen. Warum ist sein Hirn so riesig? Oder ist es im Gegenteil sehr klein im Vergleich zu seiner Körpermasse? Dieser Gedanke erschreckt ihn so, dass er sich vom Wasserspiegel abwendet und zu trinken vergisst.

Die Insel war klein, sehr klein, zu klein für die großen touristischen Fangnetze. Sie ist durch die Maschen gefallen, sagte Vera, aber auch wir beide waren durch die Maschen gefallen.

Mit seinen vierzehn Kilometern war das Straßennetz nicht groß, trotzdem bot ein optimistischer Inselbewohner Leihwagen an. Zu meiner Verwunderung hatte Vera ein Auto gemietet, einen zitronengelben Hyundai, vom Hersteller auf den Namen »Atos« getauft. Ist er nicht niedlich, meinte Vera, als stünde sie nicht vor einem Leihwagen, sondern einem Korb junger Kätzchen.

Sie liebte den Fahrtwind und die holperigen Straßen, entspannt schnitt sie die Kurven, die eine Hand am Steuer, die andere am Schaltknüppel, sie lachte, als der Wagen hinten leicht ausscherte. Vielleicht dachte sie, auf einer so kleinen Insel kann nichts passieren, vielleicht fühlte sie sich an die Elektroscooter einer Kirmes erinnert. Wahrscheinlicher war, überlegte ich, dass sie als Kind nie den Rausch einer Kirmes erlebt hatte, nie den üblichen Vergnügungen der Gleichaltrigen nachgegangen war, und dass sie jetzt nachholte. Die kleine Insel, abgenabelt von der Welt, schenkte ihr eine große Gegenwart, frei von der Last der Vergangenheit und der Sorge um die Zukunft. Auf dieser Insel fühle ich mich beschützt, sagte sie, und vielleicht war es wirklich so, dass die Mönche vom Berg Athos für uns beteten.

Wir mussten nicht reden während des Fahrens, der Wind, das Licht und die vorüberziehende Landschaft waren Sprache genug. Und doch waren wir in unserer zitronengelben Büchse oft gesprächiger als sonst, als weckte das Tempo die Worte. Leichte Worte, scherzhafte Worte. Schade, dass der Wagen so winzig ist, hier ist nicht einmal Platz für die Liebe, sagte ich. Vera bremste, wendete, im ersten Moment hatte ich Angst, etwas Falsches gesagt zu haben. Fahren wir den Hügel Richtung Kloster hoch, sagte sie, dort haben wir Platz genug und Wald, der uns vor fremden Blicken schützt.

Manchmal versank Vera in ein Schweigen, wenn das Vergangene oder die Zukunft sie doch einzuholen drohte. Sie musterte mich lange, ich wusste nicht, was in ihr vorging. Freundschaft ist wichtiger als Liebe. Wir sollten diese Tage als ein

Geschenk des Himmels betrachten, bemerkte sie einmal beim Frühstück. Offensichtlich hatte sie sich vorgenommen, unsere Liebe in eine Freundschaft zu verwandeln, doch die Gegenwart war eine zu große Verführerin. Vera wankte, sie kämpfte, auch für sie hätten die Tage auf Nisyros ewig dauern können. Ich gab die Hoffnung nicht auf, sie ganz auf meine Seite zu ziehen.

Früh, mit der ersten Sonne, zog Vera los, ging zu Fuß ans Wasser oder nahm das Auto zu ihrem Lieblingsstrand, einem einsamen Sandstrand fast am anderen Ende der Insel. Ich blieb im Hotel zurück, auf die Bekanntschaft mit Seesternen, Quallen und anderen Wasserbewohnern hatte ich wenig Lust. Tagsüber waren die Gäste weg, ich hatte den Garten und den Pool für mich allein. Ich las, schrieb oder schloss die Augen und hörte den Zikaden zu. In gewisser Weise ersetzte mir der Hotelgarten die Piazza d'Oriente.

Du kannst nicht leugnen, dass ich überall meine Orte finde, erklärte ich Zofia. Auch auf Nisyros redete ich häufig mit ihr. Die Orte, erklärte ich, finden mich wie der Hund seinen Meister, doch du hättest lieber gehabt, ich hätte meine Worte gefunden. Das hole ich jetzt nach, wie du siehst, ich will nicht, dass du mir im Jenseits etwas nachträgst. Übrigens, du hast mir nie von Vera erzählt, hast mir nie erzählt, dass du mit ihr in der Bretagne warst. Ein Arbeitsurlaub zu zweit? Wie oft habt ihr euch getroffen, was für eine Freundschaft war das zwischen euch? Du antwortest nicht, dafür fragst du, ob ich mit Vera glücklich sei, glücklicher als mit dir. Ich bin glücklich und traurig zugleich. Traurig, weil sie andere Pläne hat.

Vera hatte mir nie erzählt, dass sie auf der Insel regelmäßiger Gast war. Sie konnte ein wenig Griechisch, viele Einheimische grüßten sie wie eine alte Bekannte. Es ist eine magische Insel. Wenn ich einen Sommer nicht kommen kann, bin ich unglücklich.

Nur zwei Mal begleitete ich sie an ihren Lieblingsstrand. Die Strandbude war verriegelt, die Hochsaison längst vorbei. Doch wir waren nicht die einzigen Besucher, eine Kuhherde hatte sich am Strand niedergelassen. Bäuchlings lagen die mageren Tiere im Sand, reglos, mit erhobenem Kopf blickten sie alle in dieselbe Richtung, blickten hinaus aufs Meer, als erwarteten sie ein Schiff, das sie von der Insel wegbringen würde.

Später erzählte uns ein Gastwirt, die Kühe würden von den Wellen hypnotisiert und schließlich verdursten, man müsse sie so rasch wie möglich vom Strand vertreiben. Auch bei unserem zweiten Besuch lagerten die melancholischen Kühe unverändert am Wasser und blickten in die Wellen hinaus, reglos wie beim ersten Mal, man hätte sie für Attrappen halten können. Erst als wir einen Platz suchten, um unsere Strohmatten auszurollen, bemerkten wir die Veränderung. Der ganze Strand war von Kuhfladen übersät, Wespen surrten in hektischen Bahnen von Fladen zu Fladen.

Weckten die Wellen eine Erinnerung, die den Kühen die Kraft nahm, sich wieder aufzurappeln? Auch sie schienen die Sehnsucht zu kennen, den Durst nach einem anderen Leben. Wussten sie, dass sie verenden würden, wenn sie zu lange in das immergleiche und doch nie gleiche Spiel der Wellen blickten, suchten sie mit Absicht die Erlösung von ihrer irdischen Existenz? Sie wissen, dass die Insel verwildert, weil kaum jemand mehr Landwirtschaft betreibt, behauptete Vera.

Stille kehrte am Nachmittag ein, wenn die Tagestouristen von Kos wieder verschwanden. Zwei oder drei Jachten dümpelten im Hafen von Mandraki, dem Hauptort, am Horizont leuchtete eine winzige Insel, ein weißer, flimmernder Strich, unwirklich wie eine Luftspiegelung. Eine Bimssteininsel, auf der angeblich immer noch Bimsstein abgebaut wurde.

Jeden Abend fuhren wir zu den Vulkanen hoch. Jeden Abend aßen wir am selben Ort. Die Taverne klebte am Kraterrand, von der überdeckten Terrasse blickte man hinunter in einen riesigen Trichter.

Eine mondartige Kraterlandschaft breitete sich vor uns aus, eine Landschaft ohne Lebewesen, ohne Vegetation, nur in der Ferne, als einziges Zugeständnis an Irdisches, leuchtete ein schmales Band, das Meer.

Der Hauptvulkan schwefelte immer noch vor sich hin. Die Schwefellöcher waren mit Bändern markiert, kam man ihnen zu nahe, drohte man zu ersticken. Ich kann mir gar nicht vorstellen, nächstes Jahr nicht mehr zu kommen, sagte Vera.

Es ist die Insel, die ich mir für meinen Tod ausgesucht habe.

Was heißt das? Du willst dich neben ein Schwefelloch legen?

Gibt es einen einfacheren und schöneren Tod? Hier werde ich meine letzten Atemzüge der Natur zurückgeben und sie um Verzeihung bitten.

Vor zwei Jahren, erzählte Vera, habe ein befreundeter Cellist im Krater sein Leben beendet. In der Presse sei von einem Unfall die Rede gewesen, doch der krebskranke Mann habe den Tod gesucht. Sie selbst könne nur schwer der Versuchung widerstehen, nachts nicht in den Krater hinunterzusteigen, vor allem wenn sich der Inselurlaub dem Ende nähere. Mehr als einmal habe sie es versucht, jeweils im letzten Moment sei ihr bewusst geworden, dass sie noch nicht alle Aufgaben in ihrem Leben erledigt habe und der Augenblick folglich noch nicht gekommen sei. Doch einmal, das wisse sie genau, werde sie liegen bleiben.

Heft 77

Wir verließen Nisyros auf derselben Fähre. Genau genommen verließen wir nicht Nisyros: Wir verließen uns, wir ließen uns auf der Insel zurück und sahen zu, wie wir immer kleiner wurden.

Wir ließen das Paar zurück, das wir auf dieser Insel gewesen waren, ließen die Inseltage, die Stille, unser stummes Einverständnis zurück. Ich muss präzisieren. Das Paar, das wir in meinen Augen gewesen waren.

Auf Kos bestiegen wir dieselbe Maschine, im Flughafen von Athen trennten wir uns. Sie sei mir noch eine Antwort schuldig, sie werde mir schreiben, versprach Vera bei unserem letzten Espresso in der Flughafenbar.

Mit meiner Segeltuchtasche und den sandfarbenen Stoffschuhen setzte ich mich auf die Terrasse des Leonardo. Ich hatte Angst, in die Wohnung zurückzukehren. Meine Hände lagen vor mir auf dem Tisch, als hätte sie dort jemand vergessen.

Felice fragte nicht, wie die drei Wochen auf der Insel gewesen waren, stumm stand er vor mir und wartete auf die Bestellung. Ist etwas nicht in Ordnung? Ich erhielt keine Antwort, Felice schaute mich nur mitleidig an, als fände er meine Unfähigkeit bedauerlich, die Ursache seines Unglücks nicht zu erraten.

Erst als er wieder weggeschlurft war, ging mir auf, was anders war als sonst. Bucerio lag nicht in der Eingangstür, er trottete nicht herbei, um mich zu begrüßen.

Auf dem Tresen häuften sich die schmutzigen, von Fliegen umschwirrten Tassen und Gläser. Felice war nicht allein, mit ihm am Ecktisch saß der ehemalige Besitzer eines Tabakladens, der die Nachmittage im Leonardo gewöhnlich verdöste. Es sah nicht aus, als hätten die beiden Männer schon ein Wort miteinander gewechselt.

Er ist tot. Diese verdammte Frau hat ihn verhext, sagte Felice knapp und anklagend.

Erst am nächsten Tag erfuhr ich, was geschehen war. Bucerio hatte sich jeden Morgen neben Veras bevorzugten Tisch gelegt und so bis zum Abend die Piazza nicht mehr aus den Augen gelassen. An einem Nachmittag erhob er sich nicht mehr von seinem Platz. Lang ausgestreckt, den mächtigen Schädel zwischen den Vorderpfoten, blieb er neben Veras Stuhl liegen, als wartete er immer noch auf sie.

Vera beantwortete meine beiden Mails nicht. Sechs Wochen nach ihrem Abflug erhielt ich einen Brief, über zwanzig handgeschriebene Seiten.

Lieber Matteo,

entschuldige, dass ich mich erst jetzt melde, entschuldige, dass ich auf deine beiden Mails nicht geantwortet habe. Es waren entspannte Tage auf Nisyros, es hätte immer so weitergehen können, wie du sagtest, und doch bin ich nun in Montréal und du gewiss noch in Lerone.

Immer wieder habe ich in den vergangenen Wochen zu einem Brief angesetzt, doch jedes Mal verlor ich mich in den Sätzen, setzte neu an, korrigierte, strich weg, und am Schluss stand nicht auf dem Papier, was ich hatte sagen wollen. Tant pis, sagte ich mir, schreib einfach nieder, was dir durch den Kopf geht, dann wird es halt ein langer und chaotischer Brief.

Alles um mich herum ist mir fremd. Montréal, das Haus meiner verstorbenen Eltern, meine

Schwester, bei der ich nur zwei Tage wohnte. Sie ist unausstehlich und engstirnig, wie es Menschen wohl werden, die ihr Leben am selben Ort verbringen, von ihrer früheren Intelligenz und Wachheit scheint wenig geblieben zu sein. Kurz und gut, ich zog in ein Hotel, sitze nun an einem alten Schreibtisch mit Schirmlampe, das Quartier liegt bereits im Tiefschlaf und vor mir eine lange Nacht.

Drei Tage wollte ich in Lerone bleiben, nicht länger, dir sagen, was ich dir zu sagen hatte, und nachher nach Nisyros aufbrechen, um mein Requiem zu beenden. Meine letzte Komposition im alten, sterbenden Europa. Aber wie du weißt, kam alles anders. Erinnertest du dich wirklich nicht mehr, oder tatest du nur so, fragte ich mich anfangs. Nein, du spieltest nicht, wie mir bald klar wurde, obwohl mir das ungeheuerlich vorkam.

Wie und wo beginnen? Astaschew - der Name müsste dir etwas sagen. Bei ihm hatten wir uns kennengelernt. Ein genussfreudiger und ohne Unterbruch parlierender Mensch, ein theater- und musikbegeisterter Mäzen und Kunstsammler, leider war er damals mehr an meiner Person als an meinen Kompositionen interessiert, aber das ist eine andere Geschichte. Astaschew feierte seinen fünfzigsten Geburtstag, lud zum dreitägigen Fest auf seinen Herrensitz nicht weit von Versailles ein, das Kleine und Bescheidene war nicht seine Sache. Selbst im weitläufigen Park war keine stille Ecke zu finden, so viele Gäste waren da. Es war Sommer, die Mauer im Herbst zuvor gefallen.

Ich bin kein Mensch fürs Gesellige, bei der ersten Gelegenheit zog ich mich ins Haus zurück. Die Flügeltür eines Musikzimmers war offen, du blicktest vom Balkon auf das Treiben im Park, über deinem Kopf schlängelte sich ein Nikotinfaden. Noch sehe ich deine durchgetretenen Mokassins vor mir und das Etikett, das aus deinem Hemdkragen ragte. Merkwürdig, an was für Details man sich erinnert. Du wandtest dich nicht einmal zu mir um, als ich mich neben dich stellte, du schienst in Gedanken versunken und völlig unansprechbar. Erst als du mir Feuer reichtest, sahst du mir in die Augen. Ich kannte dich nicht, ich hatte dich nie auf der Bühne gesehen und auch nicht die beiden Filme, in denen du der Hauptdarsteller warst. Berühmtheiten hatten mich nie groß interessiert, vor allem nicht auf Partys.

Es ist doch erstaunlich, wie Menschen auf einmal so tun können, als würden sie sich alle mögen, sagtest du. Das war dein erster Satz, ich habe ihn nicht vergessen. Sie meinen, sie sind alle nur hier, weil sie sich nicht mögen, sagte ich.

Du nicktest, nach einer kurzen Pause fügtest du an, in einem der Zimmer hängt eine Frau, die Ihnen gleicht. Du führtest mich durch die Flure, das Haus schien dir vertraut zu sein, aber das war nicht so, im Gegensatz zu mir warst du zum ersten Mal bei Astaschew und hattest lediglich die Unbekümmertheit besessen, dir die Villa ruhig anzuschauen, als hättest du eine Eintrittskarte für ein Museum gelöst.

Die Frau, die in einem kleinen Salon hing, glich mir in keiner Weise, ich hatte weder schmale Schultern noch ein spitzes Kinn, ich war keine, die sich grell schminkte. Sie ist lebendig, sie ist vital, und sie hat Angst vor den Menschen, behauptetest du.

Ich sehe uns in einem Salon auf dem Sofa sitzen – woher kam die Flasche Champagner? Wir schlossen uns in einem der Schlafzimmer ein, noch sehe ich die grüne Seidentapete, den Kamin und die düsteren Schränke vor mir. Draußen dämmerte es schon, als wir Astaschews Reich verließen, den zweiten und dritten Tag seines Geburtstags wollten wir uns ersparen. Ein Taxi brachte uns zurück nach Paris. Zu Fuß gingen wir durch die nächtliche Stadt, du erzähltest von deinem Paradies, von Lerone, erzähltest von Zofia, von ihren Schwierigkeiten, als Musikerin und Emigrantin in Paris Fuß zu fassen, von eurem baldigen Umzug nach Berlin. Für deine Verhältnisse warst du äußerst gesprächig, was ich damals natürlich nicht einschätzen konnte. Ich wollte deine Zofia kennenlernen, ich bat dich um ihre Adresse.

In wie vielen Bars strandeten wir in dieser Nacht? Vage sehe ich eine Bühne mit einem Saxophonisten vor mir, einen Tresen und verschwommene Gesichter. Es musste gegen Morgen gewesen sein, wir wankten durch die Tuilerien, legten uns nebeneinander auf den Rasen und schliefen ein. Ich wachte zuerst wieder auf, ich ließ dich alleine zurück.

Fünfzehn Jahre sind seither vergangen. In wenigen Monaten wäre meine Tochter fünfzehn geworden. Meine Tochter. Unsere Tochter. Du liest richtig, du bist der Vater.

Es war kein Unfall, ich wollte damals ein Kind, ich glaubte, ein Kind würde mich retten. Ein Kind, das ich allein aufziehen würde, ein Kind, das ich mit keinem Mann teilen wollte. Ein Kind von einem Mann, den man ein paar Stunden liebt, den man nachher nie mehr zu sehen braucht, der keine Spuren in meinem Leben hinterlassen würde, keine Schatten. Ich hatte, wenn du so willst, die Gelegenheit ergriffen. Wochen später wusste ich, dass mein Plan aufgegangen war. Dass es so leicht war, sich von einem Fremden schwängern zu lassen, kam mir wie ein Wunder vor. Nur mit einer Kleinigkeit rechnete ich nicht: mit den Schatten. Ich rechnete nicht damit, dass aus einem kleinen Schatten eine Nacht werden könnte.

Damals war ich eine andere. Das Leben war mir zu viel. Meine engsten Freunde nannten mich Chiara, weil Schumann seine Clara so genannt hatte, weil ich selbst eine Zeitlang meine Briefe mit Chiara unterschrieb. Dass du mich nach meinem Namen fragtest, davon ist auszugehen, dass ich mich mit Chiara vorstellte und nicht mit Vera, ist nicht auszuschließen, ich weiß es nicht mehr. Siehst du, auch ich verdränge.

Meine erste Ehe war in die Brüche gegangen,

ich zweifelte an meiner Fähigkeit als Komponistin, an den Wochenenden flüchtete ich aus dem verschlafenen Toulouse nach Paris. Eine Freundin, ebenfalls Professorin am Konservatorium, hatte eine ähnliche Krise durchgemacht, hatte sich mit Dirigenten angelegt und so ihre Karriere geknickt. Sie wurde schwanger und zog das Kind allein auf, den Mann sah sie nach einer Nacht nie wieder. Sie empfahl mir das Rezept.

Ich hatte dir, als wir nachts durch die Straßen von Saint-Germain-des-Prés gingen, mein Klappmesser gezeigt. Du warst der erste Mensch, dem ich diese Waffe zeigte. Sobald ich auf der Straße war, verfolgte mich das Gefühl, mich verteidigen zu müssen, nicht unbedingt gegen einen Mann, sondern gegen die Menschen, die Welt überhaupt. Ich wachte, wie schon erwähnt, in den Tuilerien zuerst auf, du lagst auf dem Rücken und schnarchtest. Ich war völlig verkatert und unfähig, irgendeinen klaren Gedanken zu fassen. Eine plötzliche Wut packte mich, eine Wut auf dich, ich trat auf dich ein und stolperte über deine Beine.

Sechs Wochen danach verliebte ich mich in einen Mann, den ich wenig später heiratete. Ives konnte nicht rechnen. Elisa kam pünktlich, auf den Tag genau nach neun Monaten, aber entgegen aller mathematischen Logik hielt Ives sich für den leiblichen Vater. Ich widersprach ihm nicht, die männliche Blindheit entband mich von der Sorge, ihm eine fremde Vaterschaft erklären zu müssen. Doch der Stolz und die Selbstgewissheit, mit der er den Vater herauskehrte, ärgerten mich oft.

Die fünf Jahre bis zu Elisas Tod waren eine glückliche Zeit, in der Erinnerung kommt sie mir wie ein ewiger Frühling vor. Ich fand meinen Weg als Komponistin, ich begann wieder als Pianistin aufzutreten, ich vertrug das Zusammenleben mit Ives, ohne mich zu sehr zu verkrümmen. Elisa war ein ernstes Kind, nicht verschlossen, aber eigen, ein Mädchen, das ›erwachsen‹ geboren wurde. Sie beobachtete und verstand. Ihr Spielkamerad war älter als sie, ein etwas langsamer Junge. Einmal baute er im Sandkasten eine Burg mit drei Türmen, Elisa gab Anweisungen, und als seiner Meinung nach das Kunstwerk fertig war, zerstörte Elisa den einen Turm wieder mit der Bemerkung, er habe sich keine Mühe gegeben, dieser Turm sei nicht so gelungen wie die anderen drei.

Diesen Perfektionismus hat sie von mir, behauptete Ives, obwohl er selbst ziemlich schlampig war. Aus irgendeinem lächerlichen Grund war er versessen darauf, in Elisa meine oder seine

Charakterzüge zu entdecken. Auch Elisas ausgeprägten Gerechtigkeitssinn führte er auf sich zurück, obwohl gerade ich damit geschlagen war. In diesen Momenten hasste ich ihn und war oft nahe daran, ihn über die wirkliche Vaterschaft aufzuklären. Elisa war meine Tochter, nicht seine. Nie hätte ich mir träumen lassen, dass ein so dämlicher Besitzanspruch im Zusammenleben jemals eine Rolle spielen könnte, aber die Seele führt ihre eigene Regie, sie hält sich nicht an unsere Wünsche.

Übrigens habe ich in Lerone viel von Elisa in dir gefunden (natürlich müsste ich umgekehrt sagen, von dir in Elisa) - du kannst dir vorstellen, wie schwierig die Situation für mich war. Meine Tochter, unsere Tochter, die ich in dir sah, vereitelte meine Absicht, Lerone nach wenigen Tagen wieder zu verlassen. Zwei Mal hatte ich es versucht, vergeblich. Elisas Mund war deiner. Groß, breit, ein Mund, der lachen und weinen konnte und alles verschlang.

Ives war nicht Elisas Vater. Je älter Elisa wurde, desto mehr lastete mein Geheimnis auf mir. Manchmal beobachtete mich Elisa mit ihren klugen Augen, als versuchte sie zu verstehen, wer ich bin. Wussten Kinder, ohne zu wissen, ahnten sie, wenn etwas nicht stimmte? Irgendwann würde ich Ives aufklären müssen. Und irgendwann, zu einem späteren Zeitpunkt, Elisa. Diese beiden Momente fürchtete ich, ein Geständnis kam mir wie die mutwillige Zerstörung eines Familienglücks vor. Manchmal spielte ich mit dem Gedanken, dir zu schreiben, dich, den Vater von Elisa, zu treffen, ich hätte gerne gewusst, was von dir in ihr weiterlebt. Doch das waren nur Momente, Wasserwirbel oder kleine Felsen, an denen der Strom das Boot geschickt vorbeilenkte.

Elisa starb kurz nach ihrem fünften Geburtstag. Sie wartete auf der Leiter einer Rutschbahn, auf dem letzten Tritt vor ihr stand ein dicklicher Junge, der sich nicht von der Stelle rührte, obwohl die Rutsche schon lange frei war. Offensichtlich genoss er es, oben zu sein und die andern warten zu lassen. Elisa stupste ihn leicht an und sagte etwas, nicht laut, ihre Worte drangen nicht bis zu mir. Der Junge antwortete Elisa auf seine Art. Er trat sie so unglücklich, dass sie das Gleichgewicht verlor und mit dem Kopf auf einer metallenen Leitersprosse aufprallte. Zwei Tage später starb sie, ohne wieder aus dem Koma aufgewacht zu sein.

Neun Jahre sind seither vergangen. Der Schmerz hätte Ives und mich einen können. Das Gegenteil geschah. Der Schmerz lässt sich nicht teilen, man erträgt den Kummer des Partners nur schwer, jede Freude und Unbeschwertheit des andern kommt einem wie ein Verrat vor, ein Verrat an der Trauer. Drei Jahre später trennte ich mich von dem Mann, mit dem ich immer noch verheiratet bin.

Ives nahm die Trennung hin, im Grunde atmete er auf, aber gegen eine Scheidung wehrte er sich. Seit wenigen Jahren treffen wir uns wieder regelmäßig. Im Gegensatz zu mir fand Ives wieder ins Leben zurück. Elisas Tod kam mir wie eine Strafe vor, eine Strafe dafür, dass ich Elisa ohne den leiblichen Vater hatte aufziehen wollen. Dass ich es nicht über mich bringe, mich von Ives scheiden zu lassen, mag damit zu tun haben. Jeden Tag rede ich mit Elisa, jeden Tag kommt mir die Gegenwart von neuem abhanden.

Zofia lernte ich vier Jahre später kennen. Am »Festival d'automne de Paris« stand eine meiner Kompositionen auf dem Programm, Tenebrae. Nach der Aufführung kam Zofia auf mich zu, wir mochten uns auf Anhieb und blieben in Briefkontakt.

Ich ahnte nicht, dass sie deine Partnerin war. Erst als wir bei einem Ausflug in die Pyrenäen ausführlicher über unsere Erfahrung mit Männern redeten, wurde ich hellhörig. Durch eine Hintertür hatte sich der Vater meiner Tochter wieder in meine Gegenwart geschlichen. Offenbar gibt es keine abgeschlossenen Geschichten im Leben, sie entziehen sich lediglich unserem Blick und folgen uns auf unsichtbaren Pfaden, um uns an unerwarteter Stelle wieder aufzulauern.

Wenige Tage nach Elisas Tod rief Zofia mich an, ob es mir gut gehe, sie habe von mir geträumt, sie habe mich nackt in ein brennendes Haus eilen sehen. Der Traum habe sie erschreckt. Noch im selben Jahr besuchte sie mich in Toulouse. Sie war die Ältere von uns beiden, feinnervig und klug, sie erzählte auch von dir, und ich fragte mich, wie hält sie es mit einem Mann aus, der nur auf der Bühne redet und fast nie zu Hause ist. Aber vielleicht kam sie mit einem abwesenden Mann besser zurecht. Ich liebte Zofia. Wir waren uns in vielem einig, wir liebten dieselbe Musik, dieselben Autorinnen. Wir wurden nicht

Freundinnen, wir waren es vom ersten Moment an. Nach zwei oder drei Jahren stellten wir uns zum ersten Mal die Frage, ob wir als Paar zusammenleben wollten, doch wir entschieden uns dagegen. Nur einmal kam es zu Spannungen, und wir sahen uns längere Zeit nicht mehr. Meist trafen wir uns in Frankreich, in der Bretagne, der Provence, in Paris oder Toulouse. Zofia liebte Frankreich, und obwohl ihr Berlin letztlich die berufliche Karriere ermöglicht hatte, fühlte sie sich in Deutschland nie wirklich zu Hause.

Zofia war es, die mich auf meinem Weg immer wieder bestärkte, und ich war es, die ihr nach der ersten Krebsoperation zuredete, ihren eigenen Weg zu gehen, selbst zu komponieren und keine Rücksichten mehr zu nehmen. Zofia hatte oft von Lerone geschwärmt, sie liebte die kleine Stadt im Süden genauso wie du. Ich hätte mit ihr gerne in Lerone Urlaub gemacht, aber sie ließ sich nie darauf ein – Lerone war eure Stadt, die Stadt, in der ihr euch nahe wart.

Zum letzten Mal sahen Zofia und ich uns auf Sylt, ein halbes Jahr vor ihrem Tod, es war unser vierwöchiger Abschiedsurlaub. Zofia wollte nicht, dass ich sie durch die letzten Monate begleitete, sie wollte die Erinnerung an eine ungetrübte, an eine »helle Zeit«, wie sie es nannte, mit sich in die andere Welt nehmen. Widerwillig respektierte ich ihren Entschluss, akzeptieren konnte ich ihn nicht.

Vielleicht ahnst du nun, was für widersprüchliche Kräfte in mir kämpften, was mich nach Lerone lockte und was mich davor zurückschrecken ließ. Ich hätte alles auf sich beruhen lassen und einfach in meine Heimat verschwinden können, doch es wäre mir vorgekommen, als würde ich vor etwas kneifen. Ich wollte nichts Unerledigtes in mein neues Leben mitnehmen.

Andererseits – was hatte es für einen Sinn, dir unter die Nase zu reiben, dass du Vater eines Mädchens bist, das seit neun Jahren tot ist? Ich hatte entschieden, Elisa allein aufzuziehen, und Ives war ein liebevoller Vater gewesen. Nüchtern betrachtet war daran nichts Falsches.

Vielleicht hatte Zofia entschieden, vielleicht hatte sie mich nach Lerone gerufen. Du konntest nicht wissen, dass auch ich um Zofia trauerte. Ich hatte keinen Plan, mit dem ich nach Lerone kam, mich trieb lediglich das dunkle Gefühl, mit etwas abschließen zu müssen.

Dass du der erste Mensch warst, dem ich in

Lerone begegnete, war nicht verwunderlich. Von Zofia wusste ich, dass du den Tag am liebsten auf der Piazza d'Oriente verbringst, dass der Kellner Felice und sein Hund Bucerio heißt, ich wusste auch schon, dass ich diesen Felice nicht mögen würde.

Heiter und lebendig, das war mein erster Eindruck von der Piazza d'Oriente, heiter und lebendig wie Zofia. Ein Platz zum Komponieren, ein Platz wie geschaffen für mich. Wo gibt es das sonst noch, einen Platz, der lebendig ist und zugleich verträumt? Nur war ich selten ungestört. Kaum saß ich auf der Terrasse des Leonardo, tauchtest du auf, als hättest du meine Gegenwart geahnt. Du nahmst mir meine Piazza, du nahmst mir Zofia. Manchmal wich ich aus und setzte mich vor eine kleine Bar am anderen Ende der Stadt, wo ich in Sicherheit war.

Einmal hatte ich die Piazza d'Oriente wie durch ein Wunder einen halben Tag für mich. Du tauchtest erst gegen Abend auf, setztest dich zu meinem Ärger an den Nebentisch und versankst in dich, als existierte ich nicht. Dieser Mensch hatte die Unverschämtheit, Elisas Vater zu sein, hatte die Unverschämtheit, sich in Zofia zu verlieben, dachte ich, packte meine Sachen zusammen, in diesem Moment blicktest du auf. Du bist Matteo, sagte ich. Dieser Satz entwischte mir, ich hätte mir die Zunge abbeißen können.

Am nächsten Morgen mietete ich einen Wagen und flüchtete nach S. Irina. Am Meer wollte ich nachdenken, in Lerone fehlte mir der nötige Abstand. Der Zufall führte dich nach S. Irina, dich und Ettore, einer dieser Zufälle, die aus höherer Warte wohl keine sind. Eine höhere Macht wollte uns mit aller Gewalt zusammenbringen, als müsste ich meine Aufgabe erfüllen und den Weg zu Ende gehen. Je länger wir in der Strandbar waren, desto deutlicher sah ich Elisa in dir. Du warst so sehr derselbe geblieben, so sehr der Mann, den ich von Astaschews Party in Erinnerung hatte!

Wenige Tage danach begegneten wir uns vor meinem Hotel, ich rauchte die letzte Zigarette vor dem Schlafengehen. Ich ergriff die Gelegenheit. Ich ergriff die Gelegenheit, endlich die Wohnung zu sehen, in der Zofia mit dir ihre Urlaube verbracht hatte. So jedenfalls räsonierte ich anfangs. Man räsoniert ja gerne so, dass das Wasser das Mühlrad nicht verfehlt und die Dinge geschehen, die geschehen müssen.

Obwohl ich es mir immer wieder vornahm,

klärte ich dich nicht über deine Vaterschaft auf. Ich konnte nicht, alles wäre komplizierter geworden, du hättest vieles wissen wollen und vielleicht Anspruch auf eine gemeinsame Vergangenheit erhoben. Ich hätte mich dir gegenüber nicht mehr frei gefühlt.

Einen Engel des Tages nanntest du Zofia, auch ich hatte sie für mich so genannt. Ich versuchte dich mit Zofias Augen zu sehen, es gelang mir nicht, zu verschieden war ich von ihr. Du locktest mich von ihr weg, dafür bestrafte ich dich manchmal, ich schnitt dich oder verschwand.

In unserem ersten Urlaub in der Bretagne fragte mich Zofia, ob Ives wirklich der Vater von Elisa gewesen sei. Wie sie auf eine solche Frage komme, wollte ich wissen. Du sprachst einmal von Schuldgefühlen Elisa gegenüber, sagte sie. Ahnte sie etwas? Sie hatte einen Riecher für das Verborgene, was man vor sich oder anderen verbergen wollte, drängte in ihrer Gegenwart wie von selbst ans Licht. Zofia hatte Ives sehr gemocht, eine Zeitlang fürchtete ich, die beiden könnten sich finden.

Ich merke, dass ich immer chaotischer werde, dass ich den Faden verliere. Der Morgen bricht an, im Zimmer nebenan wird geduscht, unten auf der Straße lösen sich vereinzelt Gestalten aus dem Dunkel, rasch und gespensterhaft. Eine Woche schon bin ich hier, und immer noch ist mir, als hätte ich alles Warme und Vertraute hinter mir gelassen, als wäre ich in einer dumpfen Fremde angekommen.

Es ist ein langer Brief geworden, ich weiß nicht, wo ich aufhören soll, was ich vergessen habe, gewiss vieles, auch Wichtiges. Nun muss ich mich zwingen, das Geschriebene nicht mehr durchzulesen, sonst würde ich zum Stift greifen, korrigieren und diesen Brief wie seine Vorgänger nicht abschicken, weil mir alles falsch vorkäme.

Du bist nicht glücklich in Lerone, wie mir ziemlich rasch klar wurde. Dein Weg führt zurück auf die Bühne, davon bin ich überzeugt (aber darüber haben wir schon geredet). Ich glaube, du solltest ein Buch über die Freundschaft schreiben, nicht über die Liebe. Wir sind uns zu ähnlich, dieselben Dinge ziehen uns nach unten.

Du sagtest einmal, du könntest nicht allein leben, der Alltag sei dir ein Rätsel. Ich bin nicht geschaffen für ein Zusammenleben mit einem anderen Menschen (wie du übrigens auch nicht). Ich brauche das Alleinsein, ich will mich der Natur und den Tieren widmen, an denen wir uns verschuldet haben. Noch ein paar Jahre. Nicht mehr viele. Das Leben fällt mir leichter, seit ich mein Ende klar vor Augen habe: auf Nisyros unter einem großen Himmel sanft hinüberdämmern. Noch wohne ich im Hotel und weiß nicht, wo ich definitiv unterkommen werde.

Vera, die dich liebt

Ich hatte nichts geahnt, ich hatte nicht den geringsten Verdacht geschöpft. Ich war Vater. Vater, ohne es gewusst zu haben. Vater, dem die Tochter geraubt worden war. Ich konnte keine Klage einreichen, mein Fall war in keinem Gesetz vorgesehen.

Natürlich erinnerte ich mich an Astaschews Geburtstagsparty. Ich erinnerte mich, mit einer Frau auf einem Zimmerbalkon gestanden zu haben. Nur hatte ich diese Frau nie mit Vera in Verbindung gebracht. Auch nach der Lektüre des Briefes vermochte ich nicht, in ihr Vera zu erkennen. Die Taxifahrt nach Paris, das Klappmesser, die Nacht in den Tuilerien ... Ich erinnerte mich nicht mehr.

Immer wieder blieb ich an Sätzen von Veras Brief hängen und versuchte zu erraten, was sie mir verschwiegen. *Du tauchtest erst gegen Abend auf, setztest dich zu meinem Ärger an den Nebentisch und versankst in dich, als existierte ich nicht.*

Ich hatte mich nicht an den Nebentisch gesetzt, wie Vera schrieb. Ich hatte nicht dagesessen, als würde sie überhaupt nicht existieren, im

Gegenteil, sie existierte zu sehr, ich konnte sie keinen Augenblick ignorieren.

Hatte sie Zofia geraten, sich von mir zu trennen? Waren Ives und Zofia sich zu nahe gekommen, war das der Grund gewesen, weshalb Vera und Zofia sich über längere Zeit nicht mehr gesehen hatten?

Zofia war oft nach Paris gefahren, um Freunde zu treffen, doch weder Toulouse, die Bretagne noch die Provence hatte sie meines Wissens jemals erwähnt.

Dem Brief lagen drei Fotos bei. Drei Fotos, jedes auf der Rückseite mit Datum und Altersangabe versehen.

Meine dreijährige Tochter saß mit gestreiftem Schlafanzug und einer Pappkrone auf einem Schaukelpferd und lachte, so trunken vor Glück, wie es nur Kinder sein können. Ein übermütiges Kind mit Ponyfrisur, übermütig, wie ich es vielleicht mit drei Jahren einmal gewesen war.

Meine vierjährige Tochter blickte von einem Zeichenheft auf, ihre hohe Stirn war nun frei, das rehbraune Haar fiel ihr auf die Schultern.

Rehbraun war falsch, rehbraun traf Elisas Haarfarbe nicht. Mandelbraun, haselnussbraun, seidenbraun. Rotbraun und warm wie das Gefieder des Turmfalken. Tagelang suchte ich nach dem passenden Wort, keines gefiel mir, keines traf das Leuchten von Elisas Haar. Schließlich flog der Engel mir zu, anders kann ich es nicht sagen.

Himmelbraun.

Meine Tochter hatte himmelbraunes Haar.

Sie musterte den Betrachter, als nähme sie ihn nicht ganz ernst und mokierte sich ein wenig über ihn. Am auffälligsten war ihr Mund, breit wie meiner. Es war kein Kindermund mehr, wenn man genau hinsah, es war der Mund einer Erwachsenen. Aus ihren großen Augen blickte Vera.

Meine fünfjährige Tochter wirkte so ernst und streng wie der wuchtige Flügel, an dem sie saß. Der Hocker war zu hoch für sie, die Füße baumelten über dem Boden und steckten in Gummistiefeln. Sie posierte nicht, sie blickte auf ihre Hände und spielte, sie war hineingesunken in die Musik, weit weg von der traurigen Welt der Erwachsenen. Trotz der Mädchenfrisur strahlte sie mit dem geraden Profil etwas Jungenhaftes aus. Dem Datum auf der Rückseite waren drei Worte beigefügt: »Elisas letzter Tag«.

Je öfter ich den Brief las, desto gewisser schien mir, dass es ein Abschiedsbrief war. Vera würde sich nicht mehr melden. Es war Elisa, die sie rief. Sie suchte ein Leben fern von Europa und der Vergangenheit, um die Wunde nicht täglich wieder aufreißen zu lassen.

Wohin hätte ich ihr schreiben sollen? Meine Mails beantwortete sie nicht, und unter der Telefonnummer, einer französischen Nummer, die ich mir heimlich notiert hatte, meldete sich niemand.

Obwohl ich bezweifelte, dass ich vor fünfzehn Jahren begeistert auf Nachwuchs reagiert hätte, fühlte ich mich um einen Teil meines Lebens betrogen. Ich sah Mütter mit ihren Töchtern, ich versuchte das Alter der Töchter zu erraten, ich phantasierte mich in ein Familienglück mit Elisa und Vera hinein. Ich hätte diesen sadistischen, dicklichen Jungen, der Elisa von der Leiter gestoßen hatte, eigenhändig erwürgt, ich hätte die Eltern stranguliert, gevierteilt und den Geiern verfüttert.

Nie verließ ich das Haus ohne ein Foto von

Elisa. Oft saß ich auf der Piazza d'Oriente und versuchte in ihren Gesichtszügen zu lesen. Elisa wurde zu einem Engel, der mich an der Hand nahm und aus einer trüben Gegenwart entführte. Ich zeigte ihr Lerone, ich erzählte ihr von meinem Leben, ich holte nach, was ich als Vater verpasst hatte.

Paris war kalt und grau, als ich an der Gare du Nord ankam. Nur wenige Monate nach Veras Brief hatte mir ein befreundeter Regisseur auf den Anrufbeantworter gesprochen. »Es ist Zeit, dass du dich nicht mehr vor der Welt versteckst – das Theater ruft dich.« Unter den Regisseuren war er mein Favorit, in vielen seiner Inszenierungen hatte ich Rollen übernommen.

Shakespeare war es schließlich, der mich von Lerone nach Paris lockte. Nach über einem Jahr stand ich wieder auf der Bühne, wie früher spielte ich Könige, Liebhaber und Schurken. Fast jeden Abend schlüpfte ich in die Haut eines anderen. Eines anderen, den ich in- und auswendig kannte. Endlich wusste ich wieder, wer ich war.

Paris, die Hauptstadt der Einsamen, erleichterte mir das Alleinsein. Ich blieb ohne feste Beziehung, ohne Frau. Neben die Fotos von Zofia hängte ich die von meiner Tochter. Ich nannte Elisa meine Tochter, als hätte Vera, die Mutter, nichts mit ihr zu tun.

Nachts träumte ich oft von ihr. Die Fünfjährige

saß am Flügel vor einem Konzertpublikum, ich blätterte ihr die Noten um. Es hätte ein heiterer Traum sein können, aber zwei Männer betraten das Podium und führten mich in Handschellen ab. Ich fand mich auf der Anklagebank wieder, das Urteil lautete auf Pädophilie.

Schlimmer war der dickliche, hochmütige Junge, der sich hartnäckig in meinen Schlaf drängte. Es war immer derselbe Junge, es war immer derselbe Spielplatz und dieselbe Rutschbahn, als wäre ich damals dabei gewesen. Jedes Mal war ich zu spät, Elisa schlug mit dem Kopf auf einem der Eisentritte auf, bevor ich sie retten konnte.

Zofia fehlte mir, Vera fehlte mir, aber es war Elisa, die mir das Gefühl gab, die Hälfte meines Lebens verloren zu haben. Die Tochter, die ich nie kennengelernt hatte, von der ich nie wissen würde, ob sie mich geliebt hätte. In den unerwartetsten Momenten trennte mich ein Schleier von der Gegenwart und dämpfte das Licht, ich sank in mich hinein und hätte mich am liebsten heimlich aus dieser Welt gestohlen. Ich verstand nicht, was für eine verborgene Geschichte in mir ihre Fäden spann.

Nach einem Premierenabend erzählte ich einem befreundeten Fotografen von Vera. Wie Vera und ich war auch er damals auf Astaschews Geburtstagsparty gewesen. Ihr habt euch erst bei Astaschew kennengelernt, wunderte er sich. Wenige Tage später brachte er mir ein paar Fotos mit. Vera und ich standen auf einem Balkon und blickten auf die Party hinunter. Vera und ich saßen auf einem Ledersofa, wir sahen aus wie ein verliebtes Paar.

Auf den Fotos war Vera nicht nur brandmager, sie hatte auch das Haar kurzgeschoren. Nur mit Mühe entdeckte ich in ihr die Vera, die ich von Lerone kannte.

Lange hoffte ich auf ein Lebenszeichen von ihr. Es musste mein zweiter Sommer in Paris gewesen sein, als ich sie in einem Interview hörte. Ich spülte eine Espressotasse aus und machte das Radio an. Sofort erkannte ich ihre Stimme, erkannte Sätze und Aussagen wieder, die mir von ihr vertraut waren.

Musik war für mich immer einfach, sie war von Beginn an mein natürliches Element, erklärte sie. Nur die Dinge des Lebens schienen mir immer kompliziert, ich war ihnen nicht gewachsen. Daran hat sich bis heute nichts geändert.

Warum sind Sie nach Südfrankreich in ein abgelegenes Dorf gezogen, hat dieser Wechsel etwas mit Ihrer Musik zu tun, fragte die Moderatorin.

Ich hoffte, der Name des Dorfes würde fallen, aber der Name des Dorfes fiel nicht. Noch bevor die Sendung zu Ende war, schaltete ich das Radio aus, gekränkt verließ ich die Wohnung. Vera lebte nicht in Kanada! Sie war nicht in Montréal, ihrer Heimatstadt, geblieben. Vermutlich wohnten wir kaum mehr als ein paar Stunden voneinander entfernt, aber sie hielt es nicht für nötig, von sich hören zu lassen.

Eine Szene am Flughafen von Athen fiel mir wieder ein. Vera verhandelte am Check-in mit der Stewardess, die immer wieder mit dem Kopf nickte, was man für eine Zustimmung hätte halten können, doch in Griechenland bedeutete dieses Kopfnicken ein Nein. Veras beide Koffer brachten es zusammen auf fast sechzig Kilo. Ein Schwergewicht, das den freien Flugverkehr behinderte.

Schon frohlockte ich, die Koffer würden keine Gnade finden, Vera und ich könnten noch ein paar Stunden oder vielleicht Tage in Athen verbringen, doch die beiden Parteien wurden handelseinig, Vera zählte die Geldscheine auf dem Desk ab.

Unsere letzte halbe Stunde saßen wir am Tresen einer Bar, schweigend, die Worte schienen einen anderen Flug gebucht zu haben. Vera wollte nicht, dass ich sie bis zur Passkontrolle begleitete, sie fand es schöner, sich bei einem Kaffee zu verabschieden, als würde man sich am nächsten Tag wiedersehen.

Wenige Monate nach dem Radio-Interview fand das alljährliche »Festival d'automne de Paris« statt. Vera war eingeladen, eine ihrer Kompositionen stand auf dem Programm, die Moderatorin hatte in der Sendung darauf hingewiesen. Ich hätte hinfahren können, doch im letzten Moment sah ich davon ab.

Viele Jahre später sollte ich unerwartet vor ihrer Haustür stehen.

Kurz nach meinem sechsundsiebzigsten Geburtstag gab ich meine letzte Vorstellung. Genau genommen war es kein Abschied von der Bühne, sondern von einer Zeit, die einmal die meine gewesen war. In den Städten Europas hatten die Tattooläden den Buchhandlungen längst den Rang abgelaufen.

Seit Berlin war ich nie mehr als Lear aufgetreten. Und wie Lear blieb ich auf einer Bühne mit lauter Leichen zurück. Meine Lieblingsregisseure waren tot, viele meiner Freunde lebten nicht mehr. In Paris und in anderen Städten suchte ich immer mehr Orte auf, die mich an Vergangenes erinnerten. Das ist das Alter, dachte ich. Nun hast du das Recht, mit dir allein zu sein.

Doch der Ruhestand brachte mir die Ruhe nicht. Nach wie vor ertrug ich die Menschen nur auf der Bühne. Wurden mir die Tage zu lang, suchte ich auf der Landkarte nach Orten, die ich noch nicht kannte, und packte die Zahnbürste und ein paar Bücher in meine Reisetasche.

Im Februar zweitausendundzwanzig, einige Monate nach meinem Abschied, war ich in einer der verlorensten Gegenden Frankreichs unterwegs. Der Wagen, ein alter Ford, war mir noch nicht ganz vertraut, die Verkehrsschilder verwirrten mich nach wie vor.

Im Sommer davor war ich zum dritten Mal zur Fahrprüfung angetreten. Ettore hatte mich dazu überredet. Mein Widerwille, mit öffentlichen Verkehrsmitteln zu reisen, war mit dem Alter immer größer geworden. Ich kenne einen Fahrlehrer, den ich bei einem Prozess vertreten habe, erklärte er. Ihr einigt euch auf einen guten Preis, dafür genügen zwei oder drei Fahrstunden. Da kann nichts schiefgehen, du wirst sehen.

Die bestandene Prüfung, wohl die letzte in meinem Leben, feierte ich mit Ettore im Mare Nostrum. Nach der Sperrstunde schlenderten wir durch die nächtlichen Gassen der Altstadt, als wären wir noch jung und die Zeit unermesslich. Der beleuchtete Turm der Chiesa del Carmine bewachte uns, die Laternen der Piazza d'Oriente tauchten die Palazzi in ein traumstilles Licht. *In questo secolo di pazienza E di fretta angosciosa*, rezitierte Ettore, sogleich fiel ich ein: *in diesem Jahrhundert der Geduld und der angstvollen Eile, dem Himmel zugewandt, der sich nach unten verdoppelt und uns einkapselt, uns immer kleiner werden lässt in seiner Macht, beraubt jeder Begrenzung, kannst du im Höhenflug, zwölf Kilometer über der Erde, die Zeit sehen …*

Ettore war guter Dinge, seit der Trennung von seiner dritten Frau fühlte er sich wie neugeboren. Merkwürdig, dass ich erst im Alter verwirkliche, wovon ich schon immer geträumt habe. Die angstvolle Eile ist weg, und manchmal schwebe ich wirklich zwölf Kilometer über der Erde. Eigentlich wollte ich dir meine Pläne für die Zukunft gar nicht verraten und dich überraschen. Ich habe nämlich vor, mich in Paris niederzulassen.

Dazu sollte es nicht mehr kommen. Ettore starb kurz nach meiner Abreise an einem Lungenemphysem. Im Frühjahr danach verkaufte ich meine Wohnung. Die letzte Nacht verbrachte ich in der Residenza del Carmine, am nächsten Morgen entfernte ich am Briefkasten meinen und Veras Namen. Der Engel blickte aus seiner Sandsteinnische auf mich herunter, strafend, wie mir schien, als wäre er mit dem, was ich tat, nicht einverstanden, als wäre ich ein Verräter.

An einem Februarnachmittag erreichte ich mit meinem alten Ford Narbonne. Ich suchte einen Ort, an dem ich mich endgültig niederlassen konnte, ich sehnte mich nach einem Leben auf dem Land.

Die Stadt war klein, der Alltag der Tauben, Hunde und Menschen unterschied sich nicht wesentlich voneinander. Ob ich Montolieu kenne, fragte mich der Besitzer des Hotels. Ein Bücherdorf, eine gute Autostunde entfernt. Vielleicht wäre das der Ort, den ich suchte.

Im Tempo einer Postkutsche rollte ich durch schläfrige Weinhügel, ich hatte so viel Zeit wie die Pappeln, die immer wieder die Straßen säumten. Gemüse statt Fleisch, täglich zwei bis drei Stunden wandern, das würde meinem Herz und den Arterien guttun! Der Rat meines Hausarztes wenige Wochen zuvor war bei mir nicht auf die erhoffte Begeisterung gestoßen. Ich wollte nicht mehr alt werden, ich war es schon.

Ein zarter Geruch von Büchern lag in der Luft, als ich in Montolieu aus dem Wagen stieg. Die »Librairie Abélard« war die erste Buchhandlung, die ich betrat, Petrus Abaelardus schien mir in meiner Lage der richtige Schutzpatron. Dieser mittelalterliche Denker, der von seinen Feinden entmannt wurde, weil er die Frauen und das freie Denken liebte, weckte mein Mitleid, zweifellos waren wir Leidensgenossen.

Bis der Antiquar aus seiner Lektüre emportauchte und mich wahrnahm, dauerte es eine halbe Buchseite. Verwundert lächelte er mich an, das Interesse für Höheres war wohl auch in diesem bücherfreundlichen Dorf eher die Ausnahme.

Ein kühler Wind ging, als ich den Laden verließ, ich holte meine Tasche aus dem Wagen und quartierte mich in einem der beiden Gästezimmer ein, die der Antiquar in seinem Haus vermietete. Lange stand ich am Fenster und blickte auf den terrassierten Palmengarten hinunter, auf bewaldete Hügel, Felder und Rebhänge, die im Abendlicht ruhig atmeten. Die Rebstöcke, die Bücherstille der Dörfer, war das nicht mehr als genug für die paar Restjahre? Ich stand am Fenster, festgehalten von einer Schwerelosigkeit, ich war Teil dieser Landschaft, die mich willkommen hieß, und dieser stille Rausch der Geborgenheit hielt noch an, als ich mich vom Fenster abwandte und wenig später in die Gasse hinaustrat.

Ich hielt Inventar für mein künftiges Leben. Was ich brauchte, war vorhanden:

Die Kirche wurde für ein paar Gläubige restauriert, sie störte nicht weiter.

Der Besitzer der Weinhandlung gegenüber war Brite, leutselig, die Kraft der Reben ließ ihn ein paar Zentimeter über dem Boden schweben.

Das Lebensmittelgeschäft überforderte mich nicht, das Angebot war einfach, wie auf mich zugeschnitten: belegte Brote, Quiches, Pizzen, Spaghetti und Eier.

Die Buchantiquariate dominierten, das Dorf war eine riesige Bibliothek, als hätte die Nation alles Geistige in diesem fernen Winkel entsorgt.

Nur ein einziges Lokal war abends auf, das Café du Commerce am Hauptplatz. Zwei Frauen saßen allein im hinteren Teil des Saals, ich blieb vorn in der geselligeren Hälfte. Einheimische drängten sich am Tresen, der Pizza-Ofen verströmte eine angenehme Wärme, ich setzte mich an einen der langen Tische.

Als ich die Speisekarte öffnete, musste ich an meinen Besuch beim Hausarzt denken. Wenn Sie so weitermachen, sind Ihre Jahre gezählt, hatte er mir prophezeit und so getan, als wäre ich bald tot. Keine Zigarette, keine einzige mehr, keine Pizzen mit schädlichen Zusatzstoffen! Entmutigt hatte ich die Praxis verlassen und mich gefragt, ob dieser Mann, der sonst immer vernünftig und zurückhaltend gewesen war, mir etwas verheimlichte.

Aus Trotz bestellte ich eine Pizza und eine Karaffe Wein. Mein Notizheft half mir, langsamer zu trinken und mich weniger einsam zu fühlen. Halb hörte ich den Gesprächen um mich zu, halb war ich in meinen Gedanken. Wie die Schlupfwespe verkroch ich mich in meinen Kokon, seit meinem Abschied von der Bühne hatte ich es darin zur Meisterschaft gebracht.

Immer wieder zogen die beiden Frauen, die allein im hinteren Teil des Saals saßen, meinen Blick auf sich. Enge Freundinnen vermutlich, die sich in eine Ecke zurückgezogen hatten, um in ihrem innigen Gespräch ungestört zu bleiben. Sie weckten in mir die Sehnsucht nach einem Kreis vertrauter Freunde, nach einem Leben, in dem ich heimisch wäre, so heimisch wie einst auf der Bühne. Seit Ettores Tod war mir niemand mehr geblieben, mit dem ich so vertraut und leicht einen Abend hätte verbringen können.

Die Schlupfwespe gehört zur artenreichsten Familie auf diesem Erdball. Über hunderttausend Arten soll es geben, man kennt ihre genaue Zahl nicht, viele wurden wissenschaftlich noch gar nicht erfasst. Vielleicht gehöre ich zu einer Variante, die den Forschern noch unbekannt ist und folglich in keiner Literatur vorkommt.

Manchmal schauen mich die Jüngeren an, als wäre ich schon tot. Manchmal weiß ich nicht mehr, ob Freitag oder schon Samstag ist, für den Kalender bin ich nicht mehr interessant genug. Entferne ich mich vom Leben, oder ist genau das Gegenteil der Fall? Je älter ich werde, desto schwerer fällt mir eine Antwort. Die Toten reden mit mir, ohne dass ich es will, sie gehen bei mir ein und aus, als wäre ich einer von ihnen.

Am nächsten Morgen kamen mir selbst die Briefkästen und Autos freundlich vor. Ich bummelte durch die Gassen des Dorfkerns und hielt Ausschau nach Häusern, die zum Verkauf ausgeschrieben waren. Auf einmal glaubte ich zu wissen, dass ich mich schon immer nach dem Besitz eines Hauses gesehnt hatte, nach einem Haus in einem Dorf mit historischem Dorfkern, nach einem Haus genau hier, in Montolieu, in dieser verlorenen Ecke Frankreichs. Mit fast siebenundsiebzig war ich endlich am Ziel meines Lebens angekommen. Nicht viele konnten das von sich sagen.

Der Postbote grüßte mich, als gehörte ich schon zur Dorfgemeinschaft. Ich sah ihm nach, wie er die schmale Gasse hinuntereilte, an einer Haustür klingelte und ein Paket auf die Schwelle legte. Es lag immer noch vor der Tür, als ich nach einem Besuch im Büchermuseum wieder durch dieselbe Gasse kam. Ich weiß nicht, was für eine Neugier mich trieb, ich bückte mich und musterte den Aufkleber mit der Adresse.

Die Empfängerin war eine Véronique Dumézil.

Ich starrte auf den Namen, als hätte ich Mühe, die Druckschrift zu entziffern. Ein leichter Schwindel ergriff mich, ich musste mich an der Mauer abstützen, als ich mich wieder aufrichtete. Wohnte Vera in diesem Haus? Nur der Nachname stand auf dem Klingelschild, in einer schwungvollen Handschrift, die mir vertraut vorkam. Mein Arm verselbständigte sich, ich sah ihm zu, wie er sich ausstreckte, wie meine Hand den Klingelknopf drückte. Es blieb still, kein Fenster ging auf.

Der Antiquar vom »Abélard« kannte Vera Dumézil. Ja, sie sei Komponistin, sie lebe schon länger in Montolieu. Wie lange schon, wisse er nicht mehr genau, mindestens zehn Jahre, eher länger. Manchmal lasse sie sich zu einem Kaffee zwischen den Bücherregalen überreden, nie lade sie jemanden zu sich nach Hause ein. Schade, meinte er, man wohne ja nur ein paar Haustüren voneinander entfernt.

Unter dem Vorwand, ich erwarte noch einen Anruf, verabschiedete ich mich. Ich hatte wenig Lust, mehr über Vera zu erfahren. Besser gesagt: Ich war zu aufgewühlt, ich brauchte Luft.

Ich hatte nicht mehr damit gerechnet, Vera jemals wieder zu begegnen. Diese unerwartete Aussicht brachte mich völlig durcheinander. Ich versuchte meine Zimmertür mit dem Schlüssel meiner Pariser Wohnung zu öffnen, schnitt die Fingernägel meiner linken Hand und vergaß die rechte, wenig später wusste ich nicht mehr, wo ich die Schlüssel hingelegt hatte.

Mussten wir uns in den paar Gassen nicht zwangsläufig über den Weg laufen? Vierzehn

Jahre waren vergangen, seit wir uns am Flughafen von Athen getrennt hatten. In diesen vierzehn Jahren hatte ich Vera nicht vergessen, doch Zofia hatte Vera mehr und mehr verdrängt und die Herrschaft wieder übernommen. Betrachtete ich die Fotos von Elisa und redete mit ihr, dachte ich nicht an Vera. Träumte ich mich in eine häusliche Idylle hinein, sah ich mich mit Elisa und ihrer Mutter: Zofia. Dass dies ein fragiles Traumspiel war, wurde mir nun jäh bewusst.

Mehrmals zog es mich am Nachmittag vor Veras Haus. Erst am Abend lag das Paket nicht mehr auf der Türschwelle, in einem der Fenster brannte Licht. Ich wagte nicht, Vera aus der Abendstille herauszuklingeln, dafür legte ich ihr eine Nachricht in den Briefkasten. Sie solle mich anrufen, wenn sie Lust habe, ich würde noch ein paar Tage in Montolieu bleiben.

Gegen meine Gewohnheit unternahm ich in den folgenden Tagen Wanderungen in die nahen Hügel, die Wege waren trocken, der Wind oft heftig. Nur wenige Touristen verirrten sich im Februar nach Montolieu, meist war ich allein in den Buchantiquariaten, stöberte in den Regalen und hoffte, Vera draußen vorbeigehen zu sehen.

Vielleicht würden wir bald Nachbarn. Wusste sie, dass ich in Montolieu war, ging sie mir aus dem Weg? Eine Woche wohnte ich bereits in diesem zeitfernen Dorf, nie waren wir uns begegnet.

Diesmal stand das Fenster in der oberen Etage offen, ich hörte Musik, eine Sonate für Violine und Klavier. Ich wartete das Ende des langsamen Satzes ab, bevor ich klingelte. Kaum hatte der nächste Satz eingesetzt, brach die Musik ab. Vera hatte mich gehört, sie würde gleich den Kopf aus dem Fenster strecken und mir öffnen.

Sollte ich ihr erzählen, dass ich eine Hausbesichtigung in Aussicht hatte, dass uns bald nur noch wenige Haustüren voneinander trennen würden, falls alles klappte? Das Haus war noch nicht öffentlich zum Verkauf ausgeschrieben, ich hatte zufällig davon erfahren und war der erste zugelassene Interessent.

Das Fenster über mir ging zu, ich starrte auf die Haustür, die nicht aufging, wenig später hörte ich im Hausinnern einen Staubsauger. Vielleicht war Vera zur Zeit gar nicht in Montolieu, vielleicht hütete eine Freundin während ihrer Abwesenheit das Haus. Doch hätte eine Freundin oder Bekannte einen Grund gehabt, sich zu verstecken?

Als ich vom Mittagessen im nahen Carcassonne zurückkehrte, parkte ich den alten Ford am Dorfrand. Der Verdauungsspaziergang wurde länger als vorgesehen, ich stieg zur Hügelkapelle hoch, folgte dem Weg unbeirrt weiter, ohne auf die Umgebung zu achten. Es war beschämend, wie gesund ich seit ein paar Tagen lebte.

In einem Waldstück kam mir ein Hund entgegen, ein großes, tapsiges Tier. Als er mich sah, blieb er stehen und stellte die Ohren auf, die Herrin folgte im Laufschritt und bog auf einen schmalen Pfad ab. Ich glaubte, Vera erkannt zu haben, und rief ihren Namen.

Sekunden später stand ich an der Verzweigung und blickte ihr nach. Die kahlen Bäume schoben sich rasch zwischen uns, nur der Hund blickte einmal zurück, stolz und mit erhobenem Schwanz, als freute er sich, mir ein Schnippchen geschlagen zu haben. Auf Irrwegen gelangte ich wieder zur Hügelkapelle, die Montolieu überragte.

Schneeregen machte die Gassen glitschig, als ich am nächsten Mittag die hundertdreizehn Bücher, die ich erworben hatte, etappenweise zum Wagen schleppte. Das richtige Wetter, um abzureisen. Den Termin für die Hausbesichtigung sagte ich ab.

Als ich vom Parkplatz in die Straße einbog, krampfte sich mein Magen zusammen. In zwei oder drei Monaten, so hatte ich mir vorgenommen, würde ich noch einmal nach Montolieu zurückkehren, doch ich ahnte, dass ich diesen Ort nie mehr aufsuchen würde. Eine Geschichte war zu Ende. Sie war zu Ende, und doch würde sie für mich nie ein Ende finden.

An einem Kreisverkehr zögerte ich und überlegte, welche Richtung ich einschlagen sollte. Carcassonne, Foix, Toulouse ... Bäume, Rebstöcke und Hügel gab es viele, auch Hotels, Kneipen und Cafés. Wie Ahasverus, der Ewige Jude, konnte ich bis ans Ende der Zeit reisen, durch Dörfer, die im Sterben lagen, durch Städte, die sich immer mehr glichen.

Zwei Tage später war ich wieder in Paris. Ich

wunderte mich, wie viel Post ich immer noch bekam, offenbar weigerte man sich, mich zu vergessen. Ein österreichischer Autor, den ich gut kannte und jedes Mal besuchte, wenn ich in Wien war, hatte mir ein Manuskript zugeschickt, ein Einmann-Stück. Nur ich, so wünschte er es, durfte zu seinen Lebzeiten die Rolle spielen.

Körperlich war ich nicht in Bestform, die Bedenken meines Hausarztes hatten mich nicht gesünder gemacht. Doch war es nicht würdiger und angemessener, in meiner Heimat zu sterben, auf der Bühne, die das wirkliche Leben war, das Leben, in dem ich mich auskannte, das Leben, das mich trug?

Wenige Tage, nachdem ich einen Vertrag mit einer Wiener Bühne unterzeichnet und zur Post gebracht hatte, schloss Frankreich seine Grenzen. Bars und Restaurants empfingen keine Gäste mehr, die Geschäfte blieben zu. Irgendein Verrückter hatte den Mythos eines angeblich gefährlichen Virus in die Welt gesetzt, und alle glaubten ihm.

War ich der Einzige, der noch bei Verstand war?

Einen Kilometer durfte man sich von zu Hause entfernen, mehr nicht, für jeden Gang ins

Freie war eine Bescheinigung auszufüllen. Wenn ich meine Wohnung verließ, steckte ich mehrere Bescheinigungen ein, jede mit einer anderen Adresse versehen, bei jedem neuen Kilometer tauschte ich die Zettel. Ich ging durch menschenleere Straßen, eine Stille umgab mich, als hätte die Welt die Sprache verloren, als gehörte das menschliche Wort der Vergangenheit an. Die Rollgitter der Geschäfte waren heruntergelassen, die Parks verriegelt, niemand saß in den Bussen, die hin und wieder an mir vorbeifuhren.

Kein Verkehrslärm, keine Stimmen drangen wie sonst in die Küche, nur zwei Spatzen hüpften auf dem Balkon von einem Brösel zum nächsten. Im Haus war es still, als wären alle Mieter ausgezogen. An der Wand neben dem Kühlschrank hingen ein Foto von Zofia und eines von Elisa. Ich strich meiner Tochter übers Haar. Sie blickte von ihrem Zeichenheft auf, sie musterte mich, als mokierte sie sich ein wenig über ihren Vater.

Über all die Jahre hatte ich keine Form gefunden für mein Buch über die Liebe. War Elisa es, die mir den Impuls gab? Ich strich ihr übers Haar, setzte mich an den Küchentisch und öffnete ein neues Notizheft. Es war das dreiundsiebzigste. Wie von selbst fand ich die ersten Sätze einer langen Erzählung. Einer Erzählung, die nie jemand lesen würde. Ich schrieb sie für mich, sie ging niemanden etwas an. Ich erzählte von einem Clown. Ich erzählte von Zofia, von Vera und mir.

Zum Autor

Jürg Beeler, geboren 1957 in Zürich, studierte Germanistik in Genf, Tübingen und Zürich. Er arbeitete als Deutsch- und Fremdsprachenlehrer und als Reisejournalist. Lebt in Südfrankreich und Zürich. Für seine literarische Tätigkeit wurde er verschiedentlich ausgezeichnet. Publikationen (Auswahl): *Die Liebe, sagte Stradivari* (2002), *Das Gewicht einer Nacht* (2004), *Solo für eine Kellnerin* (2008), *Der Mann, der Balzacs Romane schrieb* (2014).

Zum Buch

Im Alltag ist Matteo schweigsam, nur auf der Bühne kommen ihm die Worte wie von selbst. Sein Gedächtnis ist legendär, doch ausgerechnet ihm passiert, wovor sich jeder Schauspieler am meisten fürchtet: Als Shakespeares König Lear fällt er aus dem Text, wenige Tage nach dem Begräbnis seiner Lebenspartnerin.
Matteo flüchtet aus Berlin nach Lerone, einer süditalienischen Kleinstadt, um wieder mit seiner alten Liebe anzuknüpfen: mit der Piazza d'Oriente, der schönsten Piazza der Welt. Von ihr erhofft er sich endlich Ruhe.
Doch die Alpen, die er zwischen Berlin und Lerone geschoben hat, schützen ihn nicht vor dem Vergangenen. Eine Fremde taucht auf, die behauptet, sie würden sich kennen. Zu spät geht ihm auf, dass sie nicht zufällig in Lerone ist.

Der Verlag bedankt sich bei der Stadt Zürich für die großzügige Unterstützung dieser Publikation.

Stadt Zürich
Kultur

Dieses Buch wurde klimaneutral gedruckt.

Der Dörlemann Verlag wird vom Bundesamt für Kultur für die Jahre 2021–2024 unterstützt.